MAPA
&
TRAVESSIA

Edimilson de Almeida Pereira

MAPA
&
TRAVESSIA

tensionamentos nas poéticas
de Eustáquio Gorgone e Prisca Agustoni

MAZZA
edições

Mapa e travessia: tensionamentos nas poéticas
de Eustáquio Gorgone e Prisca Agustoni

Capa
Mário Vinícius

Revisão
Iolanda Cristina dos Santos

P436m Pereira, Edimilson de Almeida.
Mapa e travessia: tensionamentos nas poéticas de Eustáquio Gorgone e Prisca Agustoni / Edimilson de Almeida Pereira. - Belo Horizonte: Mazza Edições, 2023.
168 p.

ISBN: 978-65-5749-064-8

1. Literatura. 2. Crítica literária. 3. Poesia. I. Título.

CDD 809
CDU 82.09

Elaborado por Vagner Rodolfo da Silva - CRB-8/9410

Índice para catálogo sistemático:
1. Literatura : Crítica literária 809
2. Literatura : Crítica literária 82.09

Mazza Edições Ltda.
Rua Bragança, 101 – Pompeia
30280-410 Belo Horizonte - MG
(31) 3481-0591 • pedidos@mazzaedicoes.com.br

O poema é exílio, e o poeta que lhe pertence, pertence à insatisfação do exílio, está sempre fora de si mesmo, fora de seu lugar natal, pertence ao estrangeiro, ao que é o exterior sem intimidade e sem limite [...] Esse exílio que é o poema faz do poeta o errante, o sempre desgarrado, aquele que é privado da presença firme e da morada verdadeira.

Maurice Blanchot

---

* Blanchot, Maurice. *O espaço literário*. Trad. Álvaro Cabral. Rio de Janeiro: Rocco, 1987, p. 238.

Sumário

NOTA, 9

O CÍRCULO E O QUADRADO
Ou a poesia-mundo de Eustáquio Gorgone de Oliveira, 11

Um sujeito sob o selo, 11
Uma poética tensionada, 22
Escrever num tempo-em-crise, 28
O insulamento e a poesia-mundo, 35
À margem, 61

A PALAVRA E A FRONTEIRA
Dispersão-tensionamento na poética de Prisca Agustoni, 69

Ser nos lugares possíveis, 69
A dispersão como um eixo poético, 91
O tensionamento que faz o eixo girar, 108
Travessias, 117

POEMAS DE EUSTÁQUIO GORGONE, 131

POEMAS DE PRISCA AGUSTONI, 143

REFERÊNCIAS, 157

Os ensaios a seguir abordam alguns aspectos das obras de Eustáquio Gorgone de Oliveira (Caxambu, Minas Gerais) e de Prisca Agustoni (Lugano, Suíça). São ensaios-trilhas que adentram por paisagens complexas sem a pretensão de esgotar as possibilidades de apreendê-las. Gorgone e Agustoni estão relacionados a origens territoriais e a gerações literárias distintas. Encontraram-se poucas vezes em Juiz de Fora e Belo Horizonte, entre os anos de 2002 e 2010. Isso não impediu, no entanto, que tivessem uma convivência marcante, mediada pela correspondência e pela leitura mútua de suas respectivas obras. Agustoni organizou e traduziu a poesia de Gorgone para várias antologias. Este, dedicou um de seus últimos livros, *A fortaleza de feno*, à poeta suíça. Ambos desenvolvem uma poética-mundo que ultrapassa os limites geopolíticos, sinaliza novas experiências cognitivas e celebra as inter-relações linguísticas e culturais. Meus agradecimentos ao Prof. Dr. Leonardo Tonus, pela orientação do primeiro ensaio, escrito durante o pós-doutorado junto ao Centre de Recherches Interdisciplinaires sur les Mondes Contemporains do Departamento de Estudos Lusófonos da Sorbonne Université; aos Colegas da Faculdade de Letras da Universidade Federal de Juiz de Fora, pelo apoio institucional; ao poeta e amigo Iacyr Anderson Freitas, pelas leituras preliminares e à Professora Iolanda Cristina dos Santos, pela revisão dos originais.

O CÍRCULO E O QUADRADO

Ou a poesia-mundo de Eustáquio Gorgone de Oliveira

UM SUJEITO SOB O SELO

As análises a seguir têm como referência a obra do poeta Eustáquio Gorgone de Oliveira, nascido em Caxambu, cidade do sul de Minas Gerais, em 22 de abril de 1949, e falecido em 26 de março de 2012, em São Paulo. Embora enfermo e ciente da gravidade do seu estado, o poeta não perdeu o apuro estético que tantas vezes lhe permitiu mediar com lirismo e sensibilidade as asperezas da vida. Prova disso são os registros de sua minuciosa correspondência, como esta, datada de 24 de novembro de 2011: "Continuo o tratamento, terminando o terceiro ciclo da quimioterapia e caminhando para a incógnita de um transplante. Como nada depende de minha vontade, mas de pesquisas alhures, sigo a trilha pelo cincerro, e comigo vão andando a paisagem, que pode ser um miolo de pão ou um sol distante. Li um livro que me vestiu bem, veio próprio para a ocasião e é lindíssimo: *Devotions upon emergent occasions and several steps in my sickness*, de John Donne. 'A sick bed is a grave...' E suas páginas trazem toda a poética dos sinos e sineiros, nas quais, Antonio Vieira, no Sermão da Quaresma, refere-se, no sentido oposto, àqueles que cobram quando 'tangem os sinos'".[1]

Gorgone iniciou o seu percurso de formação intelectual sob a influência de valores cristãos, fato comum a muitas instituições de ensino público e de ordem confessional no Brasil do século passado. Em 1960, o autor ingressou no curso secundário, no Ginásio Caxambu, dirigido pelos padres da ordem Clérigos Regulares de São Paulo. Em 1965, pas-

[1] Correspondência eletrônica entre Eustáquio Gorgone de Oliveira e Edimilson de Almeida Pereira. Date: Thu, 24 Nov 2011 14:31:22 - 0200 - *From*: gorgonne@bol.com.br / *To*: setefalas@hotmail.com Subject: Caros amigos

sou à cidade de Baependi, vizinha a Caxambu, onde frequentou o Colégio Nossa Senhora de Montserrat, sob a direção do frei Theodorus Köpp. Em 1967, concluiu o antigo curso científico no Colégio Nossa Senhora de Montserrat, em Baependi. Nessa etapa de sua formação, percorreu um roteiro bem conhecido da educação formal no Brasil, no qual o ensino dos conteúdos se fazia acompanhar do aprendizado de valores norteados pela cristandade ocidental. Em particular, no período do chamado científico, esses valores se associavam ao estudo das humanidades, o qual implicava no aprofundamento dos aspectos sociais e culturais do classicismo, no aprendizado das ciências naturais, do latim e do francês.

É interessante notar que o poeta, no percurso de sua vida literária, lançou mão desse arcabouço cultural, seja para reconhecer a sua relevância como patrimônio coletivo, seja para criticar a calcificação de alguns dos seus aspectos. Em resposta a isso, Gorgone elaborou o seu próprio domínio cultural, na medida em que soube mover-se entre as heranças do passado e as promessas do futuro sem permitir que o seu pensamento fosse ou corresse o risco de ser reduzido à sombra de nenhuma delas. De fato, sua poética revela uma metodologia de escrita baseada no tensionamento entre temporalidades e valores culturais. Ou seja, o poeta se interessa em capturar o sentido que se articula nesses lugares intermediários de nossas experiências sociais, políticas e culturais. Espaços ainda não nomeados ou que, pela sua complexidade, não podem, no fundo, ser nomeados.

Ao analisarmos sua teia poética teremos como norte alguns pressupostos, a saber: considerar os aspectos que individualizaram sua obra nas décadas de 1960, 1970 e 1980, permeadas por movimentos que se articularam em torno de grupos específicos (a exemplo da vanguarda concretista, do engajamento da literatura com a política nos Centros Populares de Cultura, da relação entre forma e crítica social na Poesia Práxis) e/ou da multiplicação de elementos estéticos e performáticos representados pela Poesia Marginal, pelo poema pornô e pelas autorias da chamada Música Popular Brasileira (MPB); delinear a lógica que fundamentou uma poética de caráter simultaneamente regional (porque vinculada à dicção dialética de uma "poesia mineira" aberta e em trânsito) e universal (porque relacionada à experiência lírica como um fato instituinte do sujeito e de sua relação com o mundo); aplicar à abordagem da poética de Gorgone a técnica do "estudo de caso" no intuito de reconhecer a sua especificidade e de propor conceitos próprios para abordá-la, a exemplo dos conceitos de "insulamento" e "poesia-mundo".

Para este ensaio, consideraremos os seguintes livros do poeta: *Delirium-tremens* (1974), *Minas* (1983), *Fuzis leporinos* (1983), *Sol versus sol* (1984), *Litogravuras* (1984), *Visitando a cidade* (1985), *Exercícios* (1986), *Comarca do Rio das Mortes* (1990), *Tear de imagens (antologia poética)* (1990), *Girassol fixo* (1995), *Passagem na orfandade* (1999), *Pouso Alto* (2002), *O vazio segundo o poeta* (2002), *Talho-doce* (2002), *Manuscritos de Pouso Alto* (2003), *Ossos naïves* (2004), *Rubra casca* (2002), *A janela do verbo assistir* (2006), *O cavalo e a sombra* (inédito), *Três verbos ajoelhados* (inédito), *A fortaleza de feno* (2009), *O epílogo insepulto* (inédito), *Antologia Poética 1974-2010* (2022). Essa série de textos, como demonstra a cronologia de vida e da obra do autor, está intrinsecamente ligada a uma dinâmica que vai de Minas Gerais para o mundo, do interior do poeta para a comunhão com o outro e, em sentido inverso, do outro/mundo para a imprevisibilidade que perpassa as relações entre o eu (Gorgone-poeta) e o seu, em tese conhecido, território Minas Gerais.

1949

Filho de José de Oliveira Moura e de Maria José Gorgone de Oliveira, Eustáquio Gorgone de Oliveira nasce na cidade de Caxambu, em 22 de abril de 1949, tendo como avós paternos Manoel de Moura Monteiro e Malvina Cândida de Castro, e avós maternos Baggio Gorgone e Stella Baldi Gorgone.

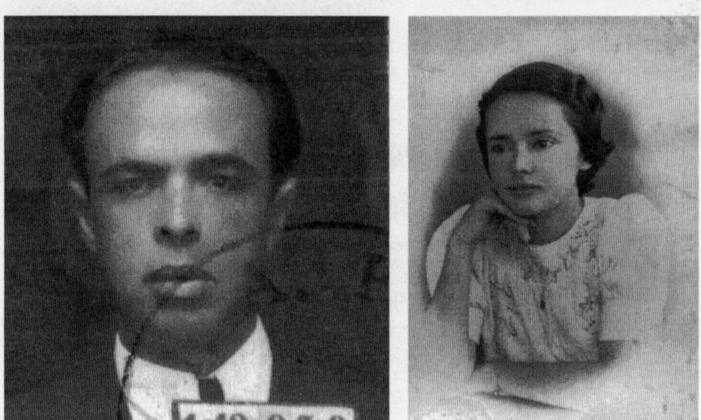

José de Oliveira Moura e Maria José Gorgone,
pai e mãe de Eustáquio Gorgone de Oliveira.

Primeiros passos do poeta, Caxambu, MG, 1950.

1955

Gorgone assiste às primeiras aulas com a senhora Maria da Conceição Nogueira, antiga regente do coro paroquial da matriz de Caxambu, que improvisou, na varanda de sua casa, um pequeno quadro-de-giz e uma longa mesa para alfabetizar algumas crianças.

Aos 2 anos e seis meses, no quintal de casa, em Caxambu.

Entre os irmãos, José Manoel e Estela, Caxambu, 1954.

1956
Matriculado no Grupo Padre Corrêa de Almeida, em Caxambu, conclui o curso primário em dezembro de 1959, no tempo em que dezenas de dombeias ainda floriam nas ruas que davam acesso à escola.

1960
Depois de prestar prova de admissão, ingressa no curso secundário, no Ginásio Caxambu, dirigido pelos padres da ordem religiosa Clérigos Regulares de São Paulo, ou Barnabitas.

Primeira Comunhão na Igreja de Nossa Senhora dos Remédios, Caxambu, 01/06/1957.

1965

Na vizinha cidade de Baependi, frequenta o Colégio Nossa Senhora de Montserrat, sob a direção do frei Theodorus Köpp. Conhece os primeiros desenhos do artista primitivista Sebastião Amaral Neto.

1967

Conclui o 3º ano científico do Colégio Nossa Senhora de Montserrat, em Baependi. Leciona História e Geografia na Escola Técnica de Comércio de Caxambu, de março de 1967 até julho de 1968.

1969

Matricula-se no curso de Letras no Instituto Superior de Ciências e Letras de Três Corações.

1969

Ingressa no curso de Geologia da Universidade Federal Rural do Estado do Rio de Janeiro, abandonando as aulas após dois semestres. Na época, interessa-se pela pintura, executando *alla prima* algumas paisagens da região rural de Campo Grande e dos casarios das cidades mineiras.

1970

Retorna às aulas no curso de Letras no Instituto Superior de Ciências e Letras de Três Corações, licenciando-se em dezembro de 1973. Contratado pela Escola Estadual Domingos Gonçalves de Mello, exerce a função de professor auxiliar no ano letivo de 1973.

Caminhando pela feira *hippie* de Ipanema, Rio de Janeiro, 1974.
(Foto: José Manoel Gorgone)

1974-1978

Reside na cidade do Rio de Janeiro, em Ipanema, período das ideias efervescentes do *Pasquim* e de importantes movimentos culturais. Leciona Literatura no colégio CENIAB, em Angra dos Reis. Pela editora Pongetti, publica o livro de poemas *Delirium-tremens*, prefaciado por Marcos Konder Reis.

1979

Através de concurso, ingressa no serviço público federal, trabalhando no antigo Instituto Nacional de Previdência Social, na cidade de Caxambu. Em julho, casa-se com Solange Abreu de Castro com quem teve três filhos: Kelen, Wagner e Renan.

Com a esposa Solange Abreu de Castro, Rio de Janeiro, 1979.
(Foto: José Manoel Gorgone de Oliveira)

Com a esposa Solange e os filhos Renan, Wagner
e Kelen, Conceição do Rio Verde, MG, 1996.

1983-1986
Publica os livros: *Minas* (1983), *Fuzis leporinos* (1983), *Sol versus sol* (1984), *Litogravuras* (1984), *Visitando a cidade* (1985), *Comarca do Rio das Mortes* (1986) e *Exercícios* (1986), todos em precárias edições alternativas. Colabora com o grupo de poetas juizforanos, editores do folheto *Abre Alas* e da revista *d'lira.*

1987
Conclui a licenciatura em Pedagogia pela UNICOR, em Três Corações, Minas Gerais.

1990
É lançado, sob o selo das Edições D'Lira, o livro *Tear de imagens*, antologia prefaciada por Iacyr Anderson Freitas.

1992
Publicação da *Antologia da nova poesia brasileira* (Fundação Rio/Rioarte), organizada por Olga Savary, com poemas do livro *Fuzis leporinos*.

1995
É publicado, em Juiz de Fora, o livro *Girassol fixo*, pelas Edições d'lira, com apresentação de Edimilson de Almeida Pereira.

1997
Participação na antologia *International Poetry Review*, com traduções de Steven F.White, e publicada pela University of North Carolina, Greensboro (USA).

1998
Menção Honrosa no Prêmio Cruz e Sousa de Literatura, na categoria Poesia Nacional, promovido pela Fundação Catarinense de Cultura, Santa Catarina.

1999
Em projeto alternativo e sob orientação de Iacyr Anderson Freitas publica *Passagem na orfandade*, com tiragem de 300 exemplares encadernados manualmente. Inicia as pesquisas de campo sobre a obra do paisagista português Francisco da Silva Reis.

2000
Com tradução de Vera Lúcia de Oliveira, alguns poemas são publicados no nº 6 da revista *Ricerca research recherche.* Lece (Itália). Participa, em

Portugal, do sétimo e último número da revista *Anto*, dedicada ao poeta português António Nobre. 1° lugar no Concurso de Poesias Augusto dos Anjos, promovido pela Prefeitura Municipal de Leopoldina, MG.

2002

Lança, em edição do autor, os livros: *Talho-doce, Rubra casca* e *Pouso Alto* onde constam os poemas sob o título *O vazio segundo o poeta*, Menção Especial do Prêmio Cidade de Juiz de Fora, promovido pela Prefeitura Municipal de Juiz de Fora, neste mesmo ano. O artista plástico Pedro Leal ilustra o livro *Rubra casca*. Sai a antologia *Poesia em movimento*, organizada por Jorge Sanglard, na qual teve alguns poemas incluídos. Publicação de poemas traduzidos por Prisca Agustoni, na revista *Semicherchio* (Firenze, Itália).

Da esq. para a direita: Júlio César Polidoro, Iacyr Anderson Freitas, Eustáquio Gorgone de Oliveira, Jorge Sanglard, Luiz Ruffato, Fernando Fábio Fiorese Furtado, Edimilson de Almeida Pereira, Júlio Assis e Fabrício Marques, 3° Salão do Livro, Belo Horizonte, 10/08/2002. (Foto: Humberto Nicoline)

2003

Recebe Menção Honrosa do Prêmio Cidade de Juiz de Fora, promovido pela Prefeitura Municipal de Juiz de Fora, por seu livro *Manuscritos de Pouso Alto*.

2004

Menção honrosa no concurso Cidade de Juiz de Fora (2003), pelo livro *Manuscritos de Pouso Alto*, agraciado com a posterior publicação pela Funalfa Edições/7Letras e prefaciado por Prisca Agustoni. Publicação de *Ossos naïves*, Prêmio Cidade de Juiz de Fora, pelas editoras Funalfa/ 7Letras, com apresentação de José Alberto Pinho Neves.

2005

1° lugar no Prêmio Estímulo às Artes, promovido pela Fundação Clovis Salgado e Suplemento Literário de Minas Gerais, Belo Horizonte, pelo seu livro *A janela do verbo assistir*. Menção Honrosa do Prêmio Paulo Mendes Campos (Poesia), conferida pela União Brasileira de Escritores, Rio de Janeiro, pelo seu livro *A janela do verbo assistir*. 1° lugar no Concurso Nacional de Literatura Cidade de Belo Horizonte (Poesia), promovido pela Secretaria Municipal de Cultura de Belo Horizonte, por seu livro inédito *O cavalo e a sombra*.

2006

Pela editora do Suplemento Literário de Minas Gerais é publicado *A janela do verbo assistir*, Prêmio Estímulo às Artes, promovido pela Fundação Clóvis Salgado. Menção Honrosa do Prêmio Cidade de Recife (Poesia), promovido pelo Conselho Municipal de Política Cultural, pelo seu livro *Rubra casca*. Menção Honrosa do XIII Concurso Nacional de Poesias - Prêmio Lêdo Ivo, Maceió, AL. 2° Lugar do Prêmio Nacional de Poesia Cidade de Ipatinga, MG, pelo conjunto de poemas *Álbum de família*. Menção honrosa do Prêmio Mário Quintana, promovido pela Secretaria de Estado da Cultura do Rio Grande do Sul nas comemorações do centenário de nascimento de Mário Quintana.

2007

Participa da antologia *Oiro de Minas: a nova poesia das Gerais* organizada por Prisca Agustoni e lançada em Lisboa pela Ardósia Associação Cultural. Menção Honrosa do Prêmio Cidade de Recife (Poesia), promovido pelo Conselho Municipal de Política Cultural, pelo seu livro inédito *Três verbos ajoelhados*. 1° lugar no VI Concurso Nacional de Bento Gonçalves (Poesia), promovido pela Prefeitura Municipal de Bento Gonçalves, RS.

2008

Integra o livro *Il corpo dissonante: cinque poeti brasiliani contemporanei*, organizado e traduzido por Prisca Agustoni, em Lugano (Suiça).

Com Iacyr Anderson Freitas e Fernando Fábio Fiorese Furtado, Belo Horizonte, 15/11/2008.

2009-2010

Publica o livro *A fortaleza de feno*, com ilustrações de Pedro Leal. Prêmio Cidade de São Bernardo do Campo (SP) na categoria poesia. Conclui *O epílogo insepulto*, segundo livro que compõe uma trilogia sobre fábulas. 1° lugar no Concurso Literário São Bernardo do Campo (Poesia), promovido pela Secretaria de Cultura de São Bernardo do Campo, SP.

Em Congonhas do Campo, MG, 2009.
(Foto: Wagner de Castro Oliveira)

Em Caxambu, MG, março de 2011.
(Foto: Pedro Leal)

2012

Falece a 26 de março, em São Paulo, capital. Eustáquio Gorgone deixou sua obra poética revista e organizada. Parte desse acervo foi publicado como *Antologia poética* pela Editora Kotter, de Curitiba, Paraná, 2022.

Uma poética tensionada

Entre os amigos e amigas mais próximos de Gorgone, foram correntes os comentários acerca do seu estilo poético complexo, oscilando entre a castidade e o erotismo, bem como sobre o seu espírito discreto, dado ao silêncio e aos gestos generosos. Até o momento, não sabemos ao certo o quanto o poeta escreveu. O seu espólio pessoal, sob a guarda da família, poderá revelar, em outros momentos, aspectos imprevisíveis de sua capacidade criativa. Não se pode dizer com certeza quais foram as modalidades de texto a que se dedicou, até que tenhamos conhecimento abrangente de seus arquivos. Contudo, é oportuno considerar, além de sua obra poética, pelo menos um ensaio, divulgado em periódicos regionais e, em parte, em veículos na internet. Por isso, embora não seja o tema do presente estudo, há que se ressaltar o viés ensaístico de Gorgone. O poeta escreveu um longo texto, intitulado “Jardins esquecidos", abordando os trabalhos de Francisco da Silva Reis, um estucador português que aportou no sul de Minas, ao lado de imigrantes italianos, alemães e espanhóis no início do século XX. O prestígio de Francisco da Silva Reis, também conhecido como Chico Cascateiro, se estendeu por diversas cidades do sul de Minas, dentre elas "Caxambu, Baependi, Carmo de Minas, Passa Quatro, Cristina, Maria da Fé e numa fazenda em Itajubá, em praças, jardins públicos, residências urbanas e em fazendas, sempre com as mesmas técnicas de falseamento da natureza em cimento armado."[2]

No dizer de Eustáquio Gorgone, as obras executadas por Francisco da Silva Reis se relacionam a uma tradição específica de ocupação do espaço urbano. As pontes, as passagens, os quiosques e os jardins moldados por Francisco da Silva Reis em argamassa, conforme o "estilo inglês", "atravessaram a imaginação e os cenários românticos como sinais exteriores do ideário naturalista, convivendo com a volúpia e o inquilinismo das folhagens da *art nouveau*, para se extinguir, quase 200 anos depois, quando o império do concreto armado e da ordem geométrica realinhou o tecido urbano" [3] Um aspecto que nos chama a atenção nesse ensaio, para além de evidenciar um pesquisador atento aos detalhes de datas e acontecimentos, é uma lógica que se vale da observação sistemática e da projeção simbólica para revelar, tanto quanto possível, a complexidade de uma certa realidade e dos seus atores. O resultado dessa metodologia é uma abordagem objetiva (do ponto de vista histórico-social) e lírica (do ponto de vista estético) de um repertório criativo inscrito por Francisco da Silva Reis na cena urbana brasileira. Veja-se o desdobramento desse método no excerto a seguir:

> Em fotografia de 1921, na cidade de Carmo de Minas, frente ao repuxo do jardim público, Francisco da Silva Reis segura um balde de massa na altura do joelho enquanto deixa a mão esquerda no bolso da calça em busca de uma pose mais valorosa. Mesmo nesse momento não se desfez do seu instrumento de trabalho e, humilde como qualquer trabalhador braçal do início do século XX, en-

---

[2] MAGALHÃES, CRISTIANE MARIA. "Obras rústicas e ornamentos: os artífices e a técnica da *rocaille* para jardins e parques urbanos no Brasil entre o final do século XIX e o início do XX", In.: *Anais do Museu Paulista: História e Cultura Material*, São Paulo vol. 25, nº 3, set./dez. 2017, p. 41.

[3] OLIVEIRA, Eustáquio Gorgone de. *Jardins esquecidos*. (brochura). Caxambu, s/d., p. 6.

> tregou-se inocentemente para o obturador da câmara fotográfica. Vendo-o em trajes de trabalho, a calça manchada, compreendemos o porquê de tanto esquecimento em torno de sua pessoa. Numa sociedade onde o brilho das palavras, o brilho dos anéis e o brilho negro do café eram as lanternas da vida social, parca consagração restaria a um itinerante construtor de cascatas.[4]

Quando dizemos metodologia, nos referimos ao fato de que o ensaio de Gorgone – além de destacar a importância da obra analisada – se preocupa em demonstrar os meios utilizados para chegar a essa afirmação. Da leitura do ensaio, depreendemos três etapas que estruturam essa metodologia: na primeira, o autor se ocupa em realizar o levantamento *in loco* dos trabalhos de Francisco da Silva Reis; na segunda, desenvolve uma investigação bibliográfica relativa ao tema; por fim, na terceira, dedica-se à elaboração do texto crítico. Com esse procedimento, que relaciona a pesquisa de campo com a análise teórica, Gorgone demonstra a projeção de um fenômeno cultural que, embora fixado no passado, pode atingir novos patamares de representação quando posto em contato com outros fenômenos contemporâneos.

A consciência que Gorgone tem desse aspecto lhe permite agir de modo pertinente, seja na coleta das informações, seja na proposição de seus argumentos. Trata-se de um texto que, através de uma metacrítica subjacente, se expõe aos leitores como um canal de informações vinculadas às transformações histórico-sociais da sociedade ocidental na passagem do século XIX para o século XX. Em face disso, vemo-nos diante de um poeta-crítico que, sem valer-se da arrogância, revela-se incisivo no estabelecimento de relações entre a História e a Literatura, a Sociologia e a Arquitetura, o urbanismo e a reconfiguração estética dos elementos naturais, a prosa analítica e a poética descritiva. Esse poeta-crítico oferece aos seus interlocutores uma abordagem didática da trajetória de Francisco da Silva Reis, ao mesmo tempo em que demonstra a tensão inerente ao diálogo estabelecido entre as culturas brasileira e europeia no início do século XX.

Essas observações nos interessam por tangenciarem as relações entre o círculo e o quadrado consideradas – conforme indicaremos adiante – como um modelo estilístico para analisarmos a poética do autor mineiro.

---

[4] *Idem*, p. 9.

Nesse caso, pensamos a metodologia adotada pelo ensaísta como um processo aplicado também em sua criação poética. Não seria impróprio ver na análise que Gorgone fez dos trabalhos de Francisco da Silva Reis aspectos que constituem a sua própria obra. Nos elementos de Francisco da Silva Reis a tensão entre a argamassa (princípio da cultura) e a fauna e a flora (princípio da natureza) resulta numa atmosfera que, situada entre o concreto e o abstrato, nos impõe uma sensação simultânea de reconhecimento e estranhamento. Na obra de Gorgone a tensão entre a linguagem (princípio da organização) e as sensações (princípio da expansão) simulam formulações de sentido que se situam entre o real e o imaginário. É, pois, nessa frente – nesse lugar entre – que o autor estabelece o ponto de contato com a sua escrita, instigando-nos a perceber que a experiência poética não é somente a desconstrução do real e/ou a reconstrução do imaginário, mas que ela pode ser, entre outras possibilidades, o questionamento dessas instâncias como respostas ao nosso desejo de estar-no-mundo.

No título do presente ensaio, a alusão às figuras do círculo e do quadrado não se prende ao domínio específico da matemática. Neste, as relações métricas do quadrado inscrito constituem fórmulas para que possamos calcular o lado e o apótema do quadrado, considerando a medida do raio da circunferência. Por sua vez, no domínio da literatura, esses elementos nos fornecem uma perspectiva para a leitura de uma poética em que podemos relacionar, respectivamente, o quadrilátero regular ao princípio da racionalidade e do cálculo, e o círculo, ao princípio do movimento e da expansão. A ordem do quadrilátero inscrito no círculo pressupõe, estilisticamente, um vínculo sujeito-mundo baseado no controle e na liberação das percepções que o primeiro tem em relação ao segundo. A captura dessa tensão, inerente à vida prática e à construção do imaginário foi, ao longo dos anos, um desafio enfrentado por Gorgone: dessa experiência resultou uma poética que, dentre outros aspectos, universaliza os elementos singulares da cultura e que, ao mesmo tempo, singulariza os traços que nos incluem, como uma comunidade no complexo âmbito dos sujeitos humanos.

Por isso, desde o início dos anos 70 do século passado (vivendo entre o bucolismo do sul de Minas Gerais e as agitadas incursões ao Rio de Janeiro, Belo Horizonte e Juiz de Fora), Eustáquio Gorgone teceu uma das mais originais formas de expressão da poesia brasileira contemporânea. Mais do que uma força de expressão, tem-se com o autor de *Delirium-tremens* uma obra cuja singularidade técnica e prospectiva infunde novos significados a temas já conhecidos da lírica ocidental. A cartografia mencionada revela um eixo de relações pessoais e intelectuais que projetam o poeta e sua voz para outras paragens: não por acaso, sua poesia tem sido acolhida por leitores de várias regiões do Brasil e por leitores estrangeiros, através da edição de seus textos em periódicos dos Estados Unidos, Itália, Portugal e Suíça. Em face desses aspectos, pode-se dizer que Eustáquio Gorgone construiu um *locus* literário, no qual entrevemos as marcas de outros lugares reais ou imaginários. Para evitar que essas marcas se dissipem e, ao contrário, venham à página sob a forma do poema, Gorgone lança mão do pensamento como força mediadora entre as tensões. Por isso, sua poética aborda temas – pessoais ou coletivos, psicológicos ou históricos – guiada pela perspctiva de que o ser *pari passu* à realidade se constitui como uma permanente expressão de reconhecimento e de estranhamento. Para tanto, sua linguagem é específica – poética, é justo dizer, na medida em que não coincide com a linguagem cotidiana – mas que, valendo-se dela, ultrapassa-a para se constituir como uma estrutura própria.

É através dessa linguagem que o sujeito – poeta e leitores – exprime suas reflexões a perguntas, suas perplexidade e inconformismo no processo de compreensão de si mesmo, do outro e do mundo. Mais do que registrar lugares e afetos reconhecíveis, respectivamente, sob os pontos de vista geográfico e psicológico, Gorgone configura sua obra como um exercício do pensamento, no qual os embates maiores do sujeito prescindem dos questionamentos decorrentes do lugar de origem, do gênero ou da condição social. Vale frisar que nesse ponto reside um dos aspectos mais desafiadores dessa poética: para o poeta, prescindir de certos fatos da vida social não implica mostrar-se indiferente a eles. Implica, isto sim, em fundar uma linguagem que, ao lançar criticamente o sujeito para o interior de si mesmo, obriga-o a retornar ao real com um olhar acurado e transigente. Um olhar, portanto, capaz de reconhecer a dignidade do humano as arbitrariedade da vida em sociedade parecem torná-la inviável. Por isso, no cerne de sua poética respiram o indivíduo que se define a partir do seu lugar de nascimento, a agonia dos amores que salvam e condenam os amantes, bem como uma epistemologia, ao mesmo tempo religiosa e profana, conservadora e sarcástica, que sustenta, ainda que por um fio, a existência dos esquecidos pela sociedade.

A obra de Gorgone pode ser apreendida segundo o conceito a que chamamos de "poética-mundo". Esse conceito, assim como a imagem do quadrilátero inscrito no círculo, provocam nossa capacidade de nos posicionarmos diante de elementos que, embora diferentes, se efetivam como realidade para nós. Dito de outro modo, a poética de Gorgone não nos oferece o sentido imediato do poema mas, de fato, nos estimula a rastrearmos as variações dos sentidos que permeiam as camadas do poema.

A escrita de Gorgone dialoga com os valores estéticos de sua tradição cultural e de sua contemporaneidade, ao mesmo tempo em que reorganiza esses valores a partir de sua perspectiva pessoal. O resultado dessa operação consiste numa experiência que mostra suas filiações e divergências em relação às propostas estéticas que desenharam o cenário amplo da literatura ocidental e o cenário específico da Literatura Brasileira, na segunda metade do século XX. No primeiro caso, as filiações e as divergências do poeta em relação à tradição literária ocidental levam em conta os traços da tradição lírica desenvolvida na Europa desde os cantares medievais, do Barroco, do Realismo e das Vanguardas da primeira metade do século XX, particularmente, o Surrealismo e algumas incisões do Expressionismo. No segundo caso, as filiações e as divergências do autor se desdobram em relação às heranças do Modernismo de 1922 e às proposições mais próximas da Vanguarda concretista, do engajamento social dos Centros Populares de Cultura (CPC), da Poesia Práxis e do espectro da chamada Literatura (em particular a poesia) Marginal.

Podemos considerar, respectivamente a Tradição lírica, o Barroco, o Realismo e as Vanguardas; bem como o Modernismo de 1922, o CPC, a Poesia Práxis e a Poesia Marginal como as pontas dos dois quadrados em relação aos quais a poética de Gorgone se estabelece, mediante um diálogo fértil, que implica a reiteração de fórmulas e conceitos dessas heranças literárias. Ao mesmo tempo, se traçarmos um círculo imaginário em torno desses dois quadrados, poderemos perceber o processo alquímico através do qual Gorgone rompe e/ou reformula algumas dessas perspectivas estéticas em prol de um projeto literário pessoal, ou seja, a mencionada "poética-mundo". A série de livros do autor, publicada entre 1979 e 2010, exibe tensões e estéticas que evidenciam a propriedade desse argumento e ampliam o interesse pelo autor e sua obra. Dentre essas tensões, como veremos a seguir, destacam-se o insulamento geográfico do poeta, a circulação de sua obra e a articulação de um método pessoal de trabalho, num período literário que ainda se caracterizava pelo emprego de formas consagradas pela tradição – em especial aquela vinculada aos estilos de época como o Barroco – ou pelas vanguardas, a exemplo das projeções do Expressionismo, do Surrealismo e do Concretismo.

ESCREVER NUM TEMPO-EM-CRISE

As décadas de 1960, 70 e 80 representaram um período conturbado da vida política e social no Brasil resultante, sobretudo, da ruptura da ordem democrática a partir do golpe civil-militar de 1964. Esse período de exceção, que durou até 1985, verticalizou formas de violência latentes e/ou manifestas de modo menos estruturado na vida social do país. A oficialização dessa violência, através dos órgãos do Estado (poder judiciário, forças policiais) e do apoio das mídias corporativas (emissoras de rádio, televisão, jornais impressos) implicou o surgimento de uma tipologia da violência para legitimar um certo *modus operandi* das relações sociais. Essa tipologia, marcada por um caráter ideológico antipopular, orientou o emprego da violência com o objetivo de obter determinados resultados, tais como a criminalização dos movimentos sociais, a aceitação da tortura e o estabelecimento da censura como mecanismos de controle das ações de indivíduos e grupos contrários ao regime.

Nesse cenário emergiu, em contrapartida, um conjunto de práticas literárias também complexas, como evidenciam as obras de natureza lírica, memorialística e de reflexão crítica referentes a esse período.[5] Muitas dessas práticas literárias se articularam a partir da tensão entre uma poética filosófico-existencialista entrevista em alguma parte da obra de Carlos Drummond de Andrade e uma poética formal-reflexiva, igualmente entrevista na obra de João Cabral de Melo Neto. Além de pontificarem como nomes

---

[5] Ver, por exemplo, a poesia de Alex Polari registrada nos livros *Inventário de cicatrizes*, Rio de Janeiro, 1978 e *Camarim de prisioneiro*. São Paulo, 1980; o texto em prosa *SIRKIS, Alfredo Sirkis, Os Carbonários: memória da guerilha perdida, 14ª ed., Rio de Janeiro, 1998;* bem como as reflexões críticas de HOLLANDA, Heloísa Buarque de. *Impressões de viagem:CPC, Vanguarda e Desbunde 1960/1970*, São Paulo, 1981 e WALTY, Ivete Camargos. "Cordeiro imolado: um estudo da violência nas cartas da prisão de Frei Betto". In: CAMPOS, Maria Helena Rabelo e MENDES, Nancy Maria (orgs.). *Ensaios de semiótica – Cadernos de Linguística* e Teoria da Literatura, Ano III, No. 6, dezembro de 1981, p. 87-97.

nacionais, Drummond e Cabral dividiam a atenção dos poetas jovens com as heranças do Modernismo de 22, particularmente, como o Oswald de Andrade do poema-piada e das incursões irônicas à historiografia nacional. Por outro lado, o avanço da repressão política sublinhou a necessidade do engajamento social por parte dos artistas, chamado a que não faltaram poetas de relevo como Thiago de Melo e Moacyr Félix e Ferreira Gullar.

A esse cenário se juntaram os apelos da sociedade de consumo, da mídia e de outros setores artísticos como o cinema e a música. Alguns autores e autoras – a exemplo de Zuca Sardan (1933), Wally Salomão (1943-2003), Cacaso (1944-1987), Leila Mícolis (1947), Eustáquio Gorgone de Oliveira (1949-2012), Chacal (1951), Ana Cristina César (1952-1983) – nascidos entre meados dos anos 30 e final dos anos 50 – tensionaram suas obras no cerne dessa paisagem cultural. As obras desses autores e autoras, ainda que apreendidas, a partir da década de 1970, sob o nome Poesia Marginal guardam características específicas. Tais aspectos, com o passar dos anos e com as leituras dedicadas a esse período, tendem a ratificar a presença de vozes que se tornaram peculiares, destacando-se do fundo social, político e cultural que compartilharam.

As vozes poéticas mencionadas acima, por exemplo, se mantiveram na cena literária do país por terem articulado respostas pessoais a demandas que se explicitavam, em certo momento, como sendo de natureza coletiva. Se algumas dessas vozes alcançaram maior ressonância, não se pode dizer o mesmo a respeito de Gorgone. Tendo frequentado a ambiência da Poesia Marginal, a partir de suas estadias no Rio de Janeiro, o autor soube dialogar com as linguagens desse período embora, no lançamento do seu primeiro livro, *Delirium-tremens* (1974), tenha demonstrado caminhar por uma senda marcadamente pessoal. Já na estreia, se entrevia o poeta das metáforas originais, da transfiguração do objeto comum em imagem de feição surrealista, do isolamento em seu território de origem e da expansão desse território – melhor, de sua atmosfera emotiva e intelectual – para o mundo, em busca de diálogo com outras sensibilidades, igualmente reveladoras do humano.

Por volta de 1983, o poeta de Caxambu estreitou sua convivência com autores de Juiz de Fora, reunidos em torno do Grupo Alas[6],

---

[6] Para uma visão do período histórico e das ações culturais do Grupo Alas Revista *d'lira: arte, política e literatura* ver SANGLARD, Jorge (org.), *Poesia em movimento: antologia*. Juiz de Fora, 2002.

formado, dentre outros nomes, por José Henrique da Cruz (Mutum), José Santos Matos, Iacyr Anderson Freitas, Fernando Fábio Fiorese Furtado, Walter Sebastião, Júlio César Polidoro, Luiz Ruffato, Edimilson de Almeida Pereira, Petrônio Dias, Mauro Fonseca e, mais tardiamente, Camilo Mota, Knorr e Júlio Assis[7]. O jornalista Jorge Sanglard, parceiro dos integrantes do Grupo Alas, fixou, por sua vez, um panorama revelador do que ocorria em Juiz de Fora, entre os anos 1970 e 1980.

É interessante notar que, ao mesmo tempo em que a ditatura civil-militar imprimia as marcas de sua violência na vida cotidiana, a ela respondiam as atividades culturais – não raro permeadas por reivindicações políticas – levadas a termo por grupos de jovens, vinculados ou não a instituições de ensino onde se respirava, sob todos os cuidados, os ares de rebeldia e de contestação ao regime. No testemunho de Sanglard, esses aspectos adquiriram cores vivas ao demonstrarem o embate entre a força criativa dos jovens e das lideranças políticas progressistas contra as sombras da barbárie que, àquela altura, eram representadas pelas prisões arbitrárias, pela tortura e pela morte dos adversários do regime.

> O ritmo vigoroso e arrebatador com que os novos poetas, nascidos, radicados ou de passagem por Juiz de Fora, se lançaram na aventura de escrever, editar e distribuir coletivamente folhetos impregnados de uma poética visceral — fruto da paixão pela liberdade em tempos de escuridão e tormenta política e social — atesta o poder aglutinador da arte. Em meio ao medo e à insegurança, que marcaram a década de 1970 no Brasil, alguns jovens universitários agrupados em torno do folheto *Poesia*, tendo como referência o poeta e professor de literatura brasileira, Gilvan P. Ribeiro, lançaram um feixe de luz, capaz de extrair da criação poética a paixão e a emoção, numa autêntica celebração da vida; embora, neste percurso, o embate tenha sido, muitas vezes, doloroso. Mas o caminho da luta é um ato de fé envolto em mistérios sedutores.

---

[7] O contato literário e fraterno de Eustáquio Gorgone com o Abre Alas pode ser dimensionado pela atenção que lhe foi dedicada e à qual ele correspondeu com sucessivas participações nas atividades do grupo, a exemplo do varal de poesia, realizado no Calçadão da Rua Halfeld, no centro da cidade, e das publicações do Folheto Abre Alas. Iacyr Anderson Freitas sintetizou esse aspecto ao organizar e editar o volume *Passagem na orfandade*, de Eustáquio Gorgone, para o selo d'lira, em 1999. A capa desta edição foi assinada pela artista plástica Marta Rogério.

> A sensibilidade poética foi o fio condutor que reuniu, inicialmente, Gilvan P. Ribeiro e o saudoso José Henrique da Cruz (1957 – 2003) na articulação do folheto *Poesia*, em 1976, já na Universidade Federal de Juiz de Fora, após os sete primeiros exemplares terem sido editados com o apoio do Colégio Magister, em 1975. A partir daí, cada vez mais, foi sendo forjado o coletivo que deu sustentação ao folheto *Poesia*, ao jornal *Bar Brazil*, ao folheto *Abre Alas* e à revista *D'Lira*.[8]

Por sua vez, o escritor e jornalista Luiz Ruffato, na crônica intitulada "Elogio da amizade", referindo-se ao mesmo período analisado por Sanglard, reiterou o caráter rarefeito da atmosfera política e social do país. Segundo suas observações,

> [...] o Brasil mergulhava num caos econômico (a inflação começava a sair de controle) e político (as greves e os movimentos sociais encurralavam os militares exigindo o fim do regime de exceção). Em todos os lugares o clima era de apreensão e esperança. Em Juiz de Fora, respirávamos subversão. Sede da 4ª. Região Militar (transferida em 1995 para Belo Horizonte) e do 2º da Polícia Militar, a cidade era extremamente visada pelos órgãos repressores, devido ao enorme número de estudantes e por sua posição estratégica (está no centro de um triângulo formado por Belo Horizonte, a 278 quilômetros, Rio de Janeiro, a 184, e São Paulo, a 506).[9]

Nesse cenário, recorrente em várias cidades, poetas e artistas se desdobravam para desenvolver os seus processos criativos *pari passu* às reivindicações, para que fossem revogadas as medidas do governo militar que, dentre tantos atos de violação, restringiam as liberdades individuais. Para os sujeitos, cuja consciência crítica não lhes permitia negar as atrocidades do regime, era improvável dissociar o fazer artístico do fazer político. No interior do Abre Alas, essa consciência permeava as ações dos poetas artistas de várias áreas (artes plásticas, teatro, fotografia, dança) que constituíam o tecido – ora denso, ora fracionado – do

---

[8] SANGLARD, Jorge. "Três décadas de poesia como reordenamento do caos". In.: O Primeiro de Janeiro – Suplemento "das Artes das Letras", Porto, 23 de outubro de 2006.

[9] RUFFATO, Luiz. "Elogio da amizade", In.: *África 21*, Luanda (Angola), 2012, p. 65. O autor reproduziu essa crônica em sua obra *Minha primeira vez*, Porto Alegre: Arquipélago Editorial, 2014, p. 43-45.

grupo. Como aponta Luiz Ruffato, num ambiente "de medo e ousadia", que convocava à celebração da vida, apesar da repressão,

> poetas e prosadores de distintas gerações passaram a frequentar aquelas matinatas literárias. E o público atendia ao chamado, ora aplaudindo, ora vaiando, ora se esquivando, principalmente nos momentos em que o megafone transformava-se em instrumento de denúncia contra a presença de policiais federais, que, imiscuindo-se entre os transeuntes, filmavam e gravavam os participantes para poder melhor vigiá-los. Dali, muitas vezes, nasciam passeatas poéticas que se transformavam em manifestações políticas anti-ditadura – política e poesia, para nós, naquele momento, eram faces da mesma moeda...[10]

À primeira vista, a constatação de que um dos atributos da poesia consiste em intervir politicamente na sociedade soa como uma evidência, sobretudo se levarmos em

Conta, no Brasil, o legado de uma tradição literária de feição realista ou engajada, que transfigura o literário em instrumento de luta contra as injustiças sociais. A experiência poética, nesse contexto, se expõe como um fio, dentre outros, que constituem o tecido social. Por isso, ao mesmo tempo em que ela se exprime de maneira autônoma através dos elementos formais que a diferenciam de outras modalidades de discurso, se entrelaça com a sociedade e revela o quanto há de histórico e concreto em seus próprios elementos formais. Sendo assim, por um lado, a resistência pode ser vista como algo inerente à poesia, pois ela se articula no interior dos sistemas de linguagem, propondo representações que transcendem as funções pragmáticas desses sistemas. Nesse caso, o desejo de desmascarar as armadilhas da linguagem se converte em força vital da experiência poética. Por outro lado, a historicidade da poesia (que nos recorda a inevitável, mas, por vezes esquecida, historicidade do poeta) pode transformá-la em resposta a contextos específicos. A resistência, nessa condição, vem a ser o prolongamento das expectativas compartilhadas entre o poeta e o grupo com o qual ele se identifica. Em geral, essas expectativas se nutrem de certas tendências ideológicas, cujo rastreamento crítico demonstra, em algumas situações, a frutífera dimensão política da poesia e, lamentavelmente, em

---

[10] RUFFATO, Luiz. "Elogio da amizade", In.: *África 21*, Luanda (Angola), 2012, p. 65.

outras, a perda de rumos da poesia, quando esta é associada a práticas políticas degradantes.

Em face desse jogo, permeado de tensões estéticas e ideológicas, um dos grandes apelos da vivência poética está nas escolhas a serem feitas pelo próprio sujeito da escrita, nesse caso específico, o poeta. Uma parte expressiva da obra de Gorgone foi escrita entre as décadas de 1970 e 1980, e teve como pano de fundo o período de vigência da ditadura civil militar. Durante essa etapa, nota-se que a sua poética adquire uma densidade que, dentre outros aspectos, decorre da vinculação do poeta a outras vozes críticas, que lhe são contemporâneas. Nesse caso, um de seus livros, editado em 1983, intitulado *Fuzis leporinos*, se detém na crítica aos desvios do regime de exceção em vigor. Tem-se, no conjunto de poemas, uma voz que é do poeta e também dos que sentem ameaçados pela opressão. A poesia que lê em *Fuzis leporinos* nos remete a uma linguagem nutrida pelos acontecimentos do seu tempo, um tempo de injustiça e contra o qual se levantam as vozes que acreditam na liberdade e no respeito aos direitos humanos.

Nos anos que seguiram ao fim do regime da ditatura civil-militar, a partir de 1985, Gorgone manteve sua crítica à violência e às desigualdades sociais, embora de maneira menos visível na estrutura e no conteúdo dos poemas. O que se observa, então, é a ultrapassagem da crítica a um período específico (a ditadura civil-militar) em nome de um mergulho em todos os momentos em que a violência eclode como pressuposto do humano. O poeta perpassa, desse modo, as instâncias violentas instauradas pelo colonialismo (cujos cenários foram, e ainda são, as cidades históricas de Minas Gerais) e, também, os microambientes (capelas, oratórios, praças, vielas, ladeiras, quartos, corredores, etc) nos quais as relações íntimas escondem a imposição de dogmas religiosos e a reclusão do desejo.

A poética de Gorgone, sob a perspectiva de confronto com o real, se revela, por um lado, como um fato estrutural da sociedade brasileira e, por outro, como um fenômeno dialético, que se exprime em função das circunstâncias diárias da vida dos indivíduos e de suas comunidades. Contudo, para nos levar a essa constatação, essa poética, fincada no terreno histórico, se agrega e se fragmenta, se dilata e se comprime sob altas temperaturas líricas, ou seja, manuseada por um sujeito que se esconde à medida em que se mostra à janela dos poemas. Em síntese, para desvendar a dinâmica das relações sociais, Gorgone tece uma poética esfíngica, que nos leva a ver os traços elementares de nossas práticas e intenções através de uma linguagem, paradoxalmente, velada.

Sem deixar de dialogar com os seus pares e sem deixar de se relacionar com as fontes estéticas de sua tradição e de sua contemporaneidade, o poeta do sul de Minas forjou uma *opera-múndi*, cujas características e implicações desafiam a maior parte de seus leitores. Nessa obra, se entrecruzam o lirismo amoroso e a descrição subjetiva de paisagens, a volta ao passado e a aspiração ao futuro, a crítica social e a evasão de viés simbolista, a transcendência e o erotismo – aspectos, enfim, inseridos numa tradição que não desautoriza a sua recepção. No entanto, o modo como Gorgone rearticula, intelectualmente, esses aspectos confere-lhe um ar de "outra" linguagem, cujos referenciais passam a ser um devir, um mundo repleto de experiências ainda não fixadas no acervo de recepção dos leitores e, sob certo ponto de vista, da própria crítica literária.

Reeditar e analisar criticamente essa poética constitui uma tarefa significativa para a crítica literária brasileira. Esse empenho, similar ao que os irmãos Augusto e Haroldo de Campos realizaram durante a leitura das obras de Sousândrade (1832-1902) e Pedro Kilkerry (1885-1917), é relevante para estabelecermos uma configuração mais ampla da história da poesia brasileira contemporânea. Gorgone se apresenta como uma voz entre outras vozes no panorama literário do país, caracterizado pela reapropriação das heranças do Modernismo e da Vanguarda concretista, bem como pela vivência da fragmentação característica da geração marginal. Já nos anos 1980, o esgarçamento da noção de grupos, regidos por manifestos mais ou menos explícitos, viabilizou a configuração de obras marcadamente pessoais, a exemplo da que desenvolveu o autor de *Comarca do Rio das Mortes*.

O poeta seguiu a sua própria via estreita, no que diz respeito ao desenvolvimento de uma obra pessoal, resultado de estudos sobre a história do seu território e sobre a linguagem poética de autores situados dentro e fora do âmbito da literatura. Além disso, Gorgone relacionou-se com poetas mais jovens, ao mesmo tempo em que manteve as leituras críticas dos consagrados. Tornou-se um viajante, com deslocamentos geográficos restritos às redondezas do sul de Minas, Juiz de Fora, Belo Horizonte, Rio de Janeiro e São Paulo. No entanto, no que se refere às viagens imaginárias, atravessou os legados culturais do ocidente, *pari passu* ao mergulho nos estratos rústicos e desconhecidos da natureza. Por conta desse arcabouço, cerzido silenciosamente ao convívio com interlocutores em família e no trabalho, nas ruas e nos locais de trabalho, Gorgone se tornou o inventor de uma realidade que, embora situada próxima daquela que nos habituamos a chamar de "normal", se descola dessa qualificação restrita.

A poética do autor mineiro institui no domínio da linguagem uma outra realidade, para a qual nos inclinamos seduzidos pela sua imagética especular e pelo hermetismo de seus significados. Isso implica dizer que a realidade instaurada na obra Gorgone nos reenvia àquela outra que habitamos ou que, pela via do estudo, conhecemos à distância. Todavia, no cerne de seus poemas não é essa realidade que nos comove, mas outra, traduzida numa espécie de ficção no poema. O traçado de seus poemas nos remete a uma geografia e a um ambiente empíricos. No entanto, isso não significa que nos confortaremos com um processo imediato de reconhecimento desses lugares. No poema, o que se exprime, liricamente, é a representação de lugares e ambientes que precisamos reconstruir. Não há um pacto de analogias do texto com a realidade, aspecto que facilita a recepção por parte do leitor. Ao contrário, há abismos e sendas, rupturas e deslocamentos de sentidos e formas, aspectos que colocam Gorgone em diálogo com vozes poéticas as mais variadas, conforme veremos adiante.

O INSULAMENTO E A POESIA-MUNDO

A leitura da obra de Gorgone evidencia o quanto ela está enraizada no solo das Minas Gerais. Provas disso são os referenciais históricos e geográficos que, somados às formulações culturais, nos permitem entrever nos vãos da escrita uma Minas Gerais tensioanda entre o conservadorismo da herança cristã e barroca, e uma inflexão experimental de caráter vanguardista. Um exemplo encontra-se nas ilações que nos permitem apreender, por um lado, o jogo barroco, à maneira de um Gregório de Matos, particularmente quando ambos os poetas saturam o peso da herança cristã para revelar a efemeridade e o erotismo que tornam o corpo de Cristo, de fato, um corpo próximo aos seus semelhantes. Gregório de Matos e Eustáquio como se exprimem, respectivamente nos poemas "Buscando a Cristo" e "Sexta-feira Santa" – valem-se da ironia para abrir, na arquitetura moral da cristandade, algumas frestas por onde fluem os desejos, os sonhos e os assombros do indivíduo:

A vós correndo vou, braços sagrados,
Nessa cruz sacrossanta descobertos
Que, para receber-me, estais abertos,
E, por não castigar-me, estais cravados.

A vós, divinos olhos, eclipsados
De tanto sangue e lágrimas abertos,
Pois, para perdoar-me, estais despertos,
E, por não condenar-me, estais fechados.

A vós, pregados pés, por não deixar-me,
A vós, sangue vertido, para ungir-me,
A vós, cabeça baixa, p'ra chamar-me

A vós, lado patente, quero unir-me,
A vós, cravos preciosos, quero atar-me,
Para ficar unido, atado e firme.[11]

*

Sexta-feira santa. Soam matracas.
Os eucaliptos esperam pelo esquife.
Todos se aconchegam como ovelhas
Para se protegerem do vento
E seu largo ancinho de telhas.
Cristo amarrado no sol, assim dizem
Que ele é na ressurreição. Mas, hoje,
Seu crânio é um tufo de samambaias,
Roda quebrada de moinho.
Os romanos queriam trocá-lo
Por duas orelhas de um jumento.
Rezemos por essa madeira mergulhada
Num oceano de farpas.[12]

O diálogo de Gorgone com a tradição do Barroco se evidencia pela lógica do conflito, estabelecido entre a vontade do indivíduo e as proposições da vida social. No poeta mineiro, à maneira de Gregório de

---

[11] MATOS, Gregório de. *Poemas escolhidos*. São Paulo, 2010, p. 316.
[12] OLIVEIRA, Eustáquio Gorgone de. *Delirium-tremens*. Rio de Janeiro, 1974.

Matos, esse conflito implode a ordem vigente, realçando para o sujeito o quanto de sua experiência se configura mais como abismo (ou, de outro modo, mergulho no insondável) e menos como resignação. Contudo, custa-lhe caro sustentar esse *tour de force* com as regras impostas. Para sobreviver, o sujeito crítico se desdobra, ora aceitando alguns traços dessas regras – e isso implica a relativização da influência da sociedade sobre o indivíduo – ora furtando-se, de modo lúdico e sarcástico, a essa influência. Em ambos os casos, o poeta delega a si mesmo a tarefa de burlar o sistema opressivo, seja em suas instâncias concretas (a exemplo do cumprimento dos ritos da fé), seja em suas instâncias abstratas, tal como ocorre no processo poético que funda novos proposições de imaginário (se não para toda a sociedade pelo menos para uma fração de seus indivíduos), como explicitam, respectivamente, Gregório de Matos e Eustáquio Gorgone ao fazerem uma rasura irônica sobre o imaginário oficial do cordeiro imolado: "A vós correndo vou, braços sagrados,/ Nessa cruz sacrossanta descobertos/ Que, para receber-me, estais abertos,/ E, por não castigar-me, estais cravados./" – "Rezemos por essa madeira mergulhada/ Num oceano de farpas."

A inflexão de caráter vanguardista na poética de Gorgone se explicita na atenção que o autor dedica à estrutura de certos poemas, fazendo-a funcionar como uma articulação de conteúdo autônomo. Esse procedimento nos recorda algumas proposições do Manifesto Concretista, dentre elas, a ruptura da linearidade do verso, a utilização do espaço como lugar de trânsito das palavras e a possibilidade de múltiplas leituras do texto.[13] Vejamos o poema a seguir, extraído de *Passagem na orfandade*, publicado por Gorgone em 1999:

> Que meu trabalho seja providente
>   retábulo
> de varejeiras no feno bem úmido
>   retiro
> à mercê da forte correnteza
>   semente
> que o sol estala na mamoneira
>   mortuárias
> do cotidiano que me cobre.

---

[13] Ver CAMPOS, Augusto de, PIGNATARI, Décio e CAMPOS, Haroldo de. *Teoria da poesia concreta: textos críticos e manifestos 1950-1960*. Cotia, 2006.

A leitura linear aponta uma sequência de enumerações referentes ao "trabalho", cujo conteúdo se fecha sob uma cortina sombria. Além disso, a fragmentação que isola os sintagmas retábulo/ retiro/ semente/ mortuária amplia as representações acerca do trabalho: seria ele do poeta ou de um sujeito incógnito? Independente da resposta, os sintagmas isolados funcionam como um micropoema dentro do poema, forjado a partir de aliterações duras nos dois primeiros enunciados (retábulo/ retiro) e sibilantes nos seguintes (semente/mortuárias). Temos, portanto, um poema-objeto que pode ser reestruturado formalmente alterando-se, desse modo, a lógica de sua significação em cada nova montagem. Gorgone explora o jogo formalista, que ressalta a funcionalidade dos aspectos verbal, visual e sonoro do poema através da qual são emitidas múltiplas mensagens, ao mesmo tempo em que o poema se resguarda como um jogo fechado, abstraindo-se, caso o leitor julgue interessante, das informações que demarcam socialmente o signficado do fator "trabalho".

A tensão herança barroca/ experimentalismo vanguardista apontada acima indica que, embora seja articulada a partir de Minas Gerais, essa não chega a ser a condição última da poética de Gorgone. Se porções significativas desse território geográfico, histórico e cultural se tornam perceptíveis em sua poética, não é nesse território que se esgotam as suas possibilidades de significado. Essa questão do ser-em-Minas, que se impõe no processo de leitura da poesia Gorgone, faz-se notar em obras de autores como Carlos Drummond de Andrade, Guimarães Rosa, Afonso Ávila e Adélia Prado. É oportuno frisar que nessas poéticas a contemplação do ser-em-Minas não se restringe à demarcação do seu caráter local mas, ao contrário, se estabelce como um processo de especulação a respeito de experiências do ser-humano para além dos espaços transfronteiriços e transculturais.

A leitura do acervo que aborda a relação entre literatura e história regional, em Minas, nos revela uma linhagem estética e ideologicamente urdida para delinear um certo modo de ser mineiro. Essa linhagem, conhecida através de autores como Carlos Drummond de Andrade, Fernando Sabino e Guimarães Rosa (apenas para citar uma tríade emblemática para a cultura e a literatura de Minas) e endossada pelo senso comum tem se mostrado frutífera ao longo do tempo. A causa dessa aceitação reside no fato de que essa linhagem considera as contradições como um limite para definir o mineiro e as Minas Gerais. Observe-se que a singularidade do mineiro e de Minas decorre do reconhecimento de uma pluralidade que se revela, enfim, numa síntese, como nos levam a crer as palavras de Guilhermino César em nota introdutória ao livro *Minas Gerais – terra e povo*, editado em 1970: "Não terá ficado muita coisa para dizer? Evidentemente. Mas, no conjunto *Minas Gerais – terra e povo* pode servir de primeira leitura, de excitante para mais ampla investigação [...] a leitores de todos os níveis. Na sua voluntária economia, os estudos que articulamos em termos de panorama pretendem apenas mostrar, com objetividade, o fundo da bateia em que se revelam opulentas as velhas terras do ouro e do diamante."[14]

A obra mencionada apresenta três aspectos instigantes para abordarmos a construção das muitas Minas que, ao fim e ao cabo, têm se revelado como uma certa maneira, canonizada e quase absoluta, de pensar as Minas Gerais. O primeiro aspecto ressalta o caráter de oficialidade que envolve a publicação, articulada para comemorar os dois séculos e meio da capitania de Minas Gerais. Há, nessa marcação temporal, a intenção de trazer à luz um acontecimento que se consolidou por conta de sua duração e de sua excelência. Ou seja, tal evento demonstra como, desde um passado longínquo, em face das ações praticadas por grandes sujeitos, em interação com um ambiente hostil e promissor, simultaneamente, foram forjadas as têmperas do mineiro e das Minas Gerais. O segundo aspecto reitera a função didático-pedagógica da obra destinada "a leitores de todos os níveis".

Esse procedimento, que equipara leitores ocasionais e leitores-pesquisadores, nos leva a pensar no caráter formador dessa edição, cujo organizador, ciente das implicações mais ou menos críticas de seus receptores, aponta a complexidade de seu objeto (as Minas e o mineiro) embora, numa versão final da obra, sobressaia o viés de um objeto complexo restringido ao sentido que dele se espera, ou seja, declara-se ao caro leitor que "o que lhe damos nasceu do comportamento moral, da tranquilidade laboriosa, do impulso criador com que a província de Minas Gerais se explica aos outros e a si mesma." (Nota introdutória). O terceiro aspecto, por sua vez, explicita que muito restou, e ainda resta, a dizer sobre a construção do mineiro e das Minas. É no silêncio dessas outras realidades que ficaram por dizer que penso, quando indagado sobre o que são as Minas Gerais e os seus sujeitos. Podemos pensar

[14] CÉSAR, Guilhermino. Guilhermino César em nota introdutória ao livro *Minas Gerais – terra e povo*. Porto Alegre, Editora Globo, 1970.

nesses sujeitos e nesses lugares, a princípio, como dispersões e não como sínteses. Nilo Bernardes, em seu artigo incluído no livro organizado por Guilhermino César, observa que Minas, do ponto de vista de suas características físicas e humanas, constitui-se como "uma encruzilhada de paisagens, onde a fisionomia da terra compõe um verdadeiro painel"[15] No mesmo artigo, o autor afirma que o "coração de Minas é, assim, um *chateau d'eau*, área de difluência dos formadores do Paraná, do São Francisco e de outros cursos menores, como o Doce, o Jequitinhonha e os afluentes do Baixo Paraíba"[16]

Se considerarmos os dois primeiros aspectos mencionados, teremos o tecido típico do discurso mítico, que foi gerado *in illo tempore* (naquele tempo, do princípio do mundo) para relatar as ações dos seres exemplares. Portanto, naquele tempo da "conquista das regiões do Sabarabuçu" – como escreve Miran de Barros Latif,[17] – desenrolam-se os acontecimentos históricos que, uma vez narrados como eventos míticos, revelam alguns sinais de ente mítico, o mineiro, que se reatualiza a cada vez que é invocado através de ritos cotidianos em ambientes públicos ou familiares, nas práticas religiosa ou artística. Como sintetiza Miran de Barros Latif, esse ente mítico, que permeia as ações do sujeito histórico, vive "à espreita, numa atitude mais propriamente de observação que de trabalho, procurando vencer pela perspicácia e confiando mais na boa estrela do que no esforço". Como consequência desse procedimento, conclui Latif, "o mineiro, de tanto desconfiar, acabou também por se tornar dissimulado."[18]

É, portanto, nesse lugar de passagem forjado pela transformação da desconfiança em dissimulação que emerge a possibilidade de uma leitura suplementar do mito do mineiro e das Minas Gerais. Isto é, nesse lugar de passagem feito de interpretações silenciadas do mito – como sugere o terceiro aspecto indicado acima – viceja não a afirmação, por contraste, de outra identidade do mineiro ou das Minas. Viceja, sim, um campo de apreensão da identidade como um jogo aberto, através do qual o mito estimula ritos de interpretação contínua da própria identidade. Vale, nesse caso, recuperar o enunciado de Guimarães Rosa ("Minas são muitas.") não como definição

---

[15] CÉSAR, Guilhermino. Guilhermino César em nota introdutória ao livro *Minas Gerais – terra e povo*. Porto Alegre, Editora Globo, 1970, p.10.

[16] CÉSAR, Guilhermino. Guilhermino César em nota introdutória ao livro *Minas Gerais – terra e povo*. Porto Alegre, Editora Globo, 1970, p. 1-2.

[17] LATIF , Miran de Barros. *As Minas Gerais*. Rio de Janeiro: Agir, 1960, p. 49.

[18] LATIF , Miran de Barros. *As Minas Gerais*. Rio de Janeiro: Agir, 1960, p. 171.

de Minas, mas como negação da síntese e como impulso para abordagem dessas muitas possibilidades não configuradas em linguagem, nem sequestradas pelo pragmatismo político. E por que não foram? – eis uma pergunta a se considerar. Se "cada palavra é uma penca de ideias" – como afirma Mário Braz da Luz, capitão do Congado da Irmandade do Rosário dos Arturos, em Contagem –, é pertinente pensar que o mito fundador do mineiro e de Minas respondeu, e ainda responde, às demandas de muitos sujeitos abrigados sob o mapa do "País dos Gerais", para nos recordarmos de Dantas Mota, poeta do sul do estado, autor da obra intitulada *Elegias do País das Gerais* (ver poesia completa, 1961)[19].

Está implícito o fato de que uma ideia colhida da penca de palavras não representa a amplitude da própria penca. Quando uma das ideias é apropriada pelo sujeito, as outras deixam de ser nomeadas e soçobram como fantasmas ou como alteridades, sob a identidade oficial de Minas e dos mineiros. Contudo, essas alteridades não mencionadas se movem sob as camadas socioculturais das Minas, nutrem práticas e visões de mundo de indivíduos e comunidades e rasuram, enfim, a segurança que uma identidade forjada como universal pode, em tese, oferecer ao sujeito. Por isso, em contraste com a ideia genérica de um mineiro que não abandona o seu lugar de origem, contrapõem-se as imagens do mineiro que viaja por vontade própria ou por imposição (exílio). Ambas entram em conflito e alertam para o fato de que uma abordagem crítica do tema restringe as margens da idealização e nos lança no âmbito da vivência histórica, ou seja, naquela condição em que as circunstâncias colocam em xeque os valores e as práticas culturais que herdamos.

---

[19] Dantas Mota nasceu no distrito de Carvalhos, em março de 1913, e faleceu no Rio de Janeiro em fevereiro de 1974. O poeta Carlos Machado, editor do boletim eletrônico *poesia.net*, sintetizou a trajetória e a obra desse autor (permeadas de tensões históricas, sociais e culturais que estão a merecer estudos mais aprofundados) no seguinte comentário: "Dantas Mota desenvolveu uma poesia *sui generis*. Leitor da Bíblia e redator afeito às lides jurídicas, ele desenvolveu com essas influências uma poesia que tem às vezes um tom cerimonial e profético, mas fundamente arraigada no solo mineiro. Há também em sua poesia um misto de linguagem caipira e arcaizante, como se pode constatar no poema 'Solar de Juca Dantas': 'A noite com suas *lanternas* e seus ladrões, / *Terramotos* e valhacoutos.' [...] O que escreveu não tem similar, nem antes nem depois dele. [...]. Para Drummond, seu 'verso mais característico' é o das *Elegias do País das Gerais*, de 1961, também considerado por Alfredo Bosi o melhor livro do vate de Aiuruoca.". Fonte: http://www.algumapoesia.com.br/poesia3/poesianet264.htm Consulta em 25 de setembro de 2018, às 12:47 min.

No que tange à obra de Gorgone, pensá-la como literatura "mineira" implica considerá-la em relação a uma construção histórica que realça as articulações culturais ocorridas dentro de um determinado território político e geográfico. Esse território que, no caso, é Minas Gerais, tem permitido a diversos autores e autoras incluírem nos seus exercícios de linguagem aspectos da vida cultural desse território, por exemplo, práticas sociais (modelos de família, procedimentos de rituais, relações de poder, pactos de fraternidade e atos de violência, as visões de mundo, etc), formulações estéticas (modelos de arquitetura, configurações urbanas, construções de residências, igrejas e prédios públicos, dicções artísticas em setores como a música e o cinema, etc) e realidades geográficas (montanhas, campos, rios, riachos, quedas d´água, veredas, várzeas, lajedos, fontes, estradas, etc). A estrutura de registro desses elementos (latentes ou visíveis nas obras Drummond, Guimarães Rosa, Henriqueta Lisboa, Adélia Prado, Affonso Ávila, Eustáquio Gorgone, Simone Andrade Neves) tem sua correspondência em outras obras, a exemplo do Nordeste em João Cabral de Melo Neto ou da região da Lombardia, Itália, em Vittorio Sereni. Esses autores e autoras articulam o fenômeno poético a partir de um certo território e, mediante o trabalho com a linguagem e as experimentações formais o desterritorializam. Ou seja, acenam para o imediatismo do local no intuito de desvendar as tramas que nos tornam humanos; tramas que, embora se desenrolem em diferentes territórios, demonstram o quanto somos – sob a perspectiva filosófica – sujeitos impulsionados pela perene busca de respostas e pela incompletude de nossas identidades.

Isso significa dizer que as vozes poéticas de Gorgone são muitas, intercambiáveis, amáveis e insolentes na relação que estabelecem com o solo e com a cultura de onde procedem. O circuito geográfico (representado pela cidade do interior, de vida discreta, apego aos compromissos religiosos e, muitas vezes, de submissão aos mandos e desmandos das oligarquias) e cultural (forjado no ensino e nas normas sociais, que se não estavam totalmente submetidas à intenção religiosa estavam, de maneira não menos evidente, bastante influenciadas por elas) contribuíram para criar em torno de Gorgone uma atmosfera de mitologia pessoal. Qual seja, a do homem tímido, avesso às rodas literárias que tantos louros e desgostos conferem a quem as frequenta. Um traço dessa bem urdida mitologia atravessa os discursos relativos à pessoa de Gorgone, bem como à sua capacidade presente mesmo quando, de fato, não era possível encontrá-lo para uma conversa ou um abraço. Nesse sentido, circulou entre os companheiros de Juiz de Fora, na década de 1980, um certo comentário, dotado de consideráveis insinuações estilísticas referentes à sua obra) segundo o qual o poeta, por ser tão reservado, construíra sua casa com a frente voltada para os fundos do terreno.

Contudo, quando observamos o respeito pela obra de Gorgone, fruto de uma restrita, embora persistente circulação de seus livros, concluímos que a provável timidez nos relacionamentos literários terá outro nome; será estratégia poética e fraternalmente assumida pelo autor a fim de dar a ver a Obra e, sendo desejável, também o Homem múltiplo, por dentro, que a realiza. O insulamento, nesse caso, não ocorre pela opção do poeta em permanecer no interior, furtando-se aos espaços midiáticos dos grandes centros urbanos; menos ainda, pela carência de escuta da atividade intelectual na sociedade, motivo de tormento para Gregório de Matos Guerra no Brasil setecentista. No caso de Gorgone, ambas as rupturas foram superadas, seja pelas sucessivas viagens ou pelas novas tecnologias que encurtam distâncias físicas, seja pela conquista de um público leitor fiel, que supre a quantidade pela qualidade da escuta à sua obra.

O insulamento se constitui, portanto, como uma postura metafísica, conscientemente sustentada pelo poeta, no intuito de preservar, em meio às contendas da vida contemporânea, um modo particular de relacionamento com o mundo e com a sociedade. Em entrevista concedida à jornalista Esther Lúcio Bittencourt, do Jornal *Primeira Fonte*, editado em Caxambu (MG), podemos observar que o tensionamento entre a lógica de uma poética insulada – mas pensada para se projetar no mundo – subjaz ao modo como o poeta entende a sua relação com a criação artística, bem como com as circunstâncias que a fundamentam. Segundo Eustáquio Gorgone de Oliveira,

> o horizonte do mineiro é a angústia. Serras azuis e verdes da Mantiqueira, da Bocaina, as ladeiras, as curvas sobre curvas da estrada aproximam o horizonte, assim como a primeira remada encaminha o barco e seu barqueiro para o derradeiro ancoradouro e os quartos, as salas, se abrem para dentro das pessoas. O mineiro quando pega no remo pela primeira vez encurta caminhos. A primeira braçada o leva para baías e lagos que se fecham sobre si mesmos e sobre o remador. Aí tudo seca e a quilha do navio ancora nos montes.[20]

[20] BITTENCOURT, Esther Lúcio. "Morrem os poetas Eustáquio Gorgone e Toninho Godfredsen". Jornal *Primeira Fonte*. 15 de abril de 2012, s/p.

Em consonância com esse modo angustiado de ser – segundo o qual os movimentos de abertura são, paradoxalmente, para dentro – Gorgone elege a disciplina e a paciência como pontas de lança de sua atividade criadora. Embora cultivasse o insulamento, o poeta sempre teve a consciência de que os afetos e saberes gerados em condição monástica, às vezes, transbordam. Quando isso ocorre, aquele navio ancorado nos montes se desprende e viaja. O que vem a seguir – fruto do contato entre o mundo do poeta e o de seus leitores – tem se revelado como um ato profundo de fraternidade. Ou seja, mais do que a simpatia pessoal pelo autor, a recepção de sua obra evidencia a redescoberta do encantamento pelo humano, ainda que o poeta se veja obrigado, muitas vezes, a rastrear o belo entre as ruínas.

Ao longo dos anos, Gorgone teceu os seus livros de forma contínua, mas sem alarde, apresentando-os em pequenas tiragens como notas de uma estrutura musical mais ampla; ou como fragmentos de imagens que, ao fim e ao cabo, permitirão ao leitor vislumbrar uma paisagem sem fronteiras. Em termos de visibilidade no cenário literário, o insulamento cria para Gorgone uma situação singular, que resulta desse modo de mostrar-se e ocultar-se, simultaneamente. Queremos dizer que, ao mesmo tempo em que o autor está ausente de antologias ou compilações críticas de relevo (a exemplo do *Roteiro da poesia brasileira anos 80*, organizada por Ricardo Vieira Lima,[21] e do *Dicionário biobibliográfico de escritores mineiros*, organizado por Constância Lima Duarte, docente e pesquisadora da UFMG [22]), ele se faz presente em publicações de natureza semelhante como a *Antologia da nova poesia brasileira*, selecionada e apresentada por Olga Savary,[23] e o volume *A poesia mineira no século XX*, editada por Assis Brasil.[24]

Entretanto, a ruptura desse paradoxo ocorre quando observamos que a discrição de suas publicações não significou, de fato, um obstáculo à circulação de sua poética. O que se nota, na verdade, é a formação de um público atento, que se desdobra para ecoar, em diferentes contextos, a voz de Gorgone. Há que se reconhecer, nesse momento, o papel relevante

---

[21] LIMA, Ricardo Vieira (org.). *Roteiro da poesia brasileira anos 80*. São Paulo, 2010.

[22] DUARTE, Constância Lima (org.). *Dicionário biobibliográfico de escritores mineiros*. Belo Horizonte, 2010.

[23] SAVARY, Olga. *Antologia da nova poesia brasileira*. Rio de Janeiro, 1992.

[24] BRASIL, Assis (org.). *A poesia mineira no século XX*. Rio de Janeiro, 1998.

desempenhado pelas revistas e antologias, que acolhem e fazem circular a poética do autor de *Delirium-tremens*. Dentre esses veículos, destacamos: o especial "Brazil Issue" da *International Poetry Review*, da Universidade da Carolina do Norte.[25] Neste número, sob os cuidados do poeta e crítico norte-americano Steven F. White, ao lado de nomes como Sebastião Nunes, Ana Cristina César, Carlos Nejar, Chacal e Manoel de Barros encontra-se o de Eustáquio Gorgone de Oliveira.

Por sua vez, a poeta e crítica suíça Prisca Agustoni dedicou especial atenção à poética de Gorgone, incluindo-a em várias antologias, destacando-se os livros *Il corpo dissonante*[26] e *Oiro de Minas*,[27] editados na Suíça e em Portugal, respectivamente; e as revistas *Semicerchio*,[28] da Itália, e *Viceversa*,[29] da Suíça. Igual procedimento adotou o jornalista Jorge Sanglard, ao incluir poemas de Gorgone na antologia *Poesia em movimento: antologia*,[30] publicada em Juiz de Fora. Como se depreende, as edições impressas e, recentemente as publicações na *web*,[31] relativizam o insulamento do autor de *Tear de imagens*, pois o acesso à sua obra se dá num horizonte em que o discurso poético interage, e também compete, com discursos de outras áreas. A manter-se a discrição do poeta em contraponto com a circulação de sua obra, podemos considerar que o insulamento se confirma como uma estratégia, segundo a qual a visibilidade da experiência poética não decorre da pirotecnia estética ou midiática, mas da densidade que a torna indispensável, mesmo quando já não parece ser notada.

Em função disso, é possível afirmar que na obra de Gorgone a experiência poética, por mais intimista que seja, em algum momento se descola do eu para depositar-se na forma objetiva do poema. As pulsões

---

[25] WHITE, Steven (org.). *International Poetry Review*. Greensboro: The University of North Carolina, Department of Romance Languages, 1997.

[26] AGUSTONI, Prisca (trad. e org.). *Il corpo dissonante: cinque poeti brasiliani contemporanei*. Lugano, 2007.

[27] AGUSTONI, Prisca (org.). *Oiro de Minas: a nova poesia das Gerais*. Lisboa, 2007.

[28] AGUSTONI, Prisca (trad. e org.). "Poesia brasiliana contemporanea: i poeti dell'Abre Alas di Minas Gerais –1980-2000". In: *Semicerchio: rivista di poesia comparata*. Firenze, 2002.

[29] AGUSTONI, Prisca (trad. e org.). "Poesie di Eustáquio Gorgone de Oliveira". In: *Viceversa letteratura 5*. Bellinzona/ Svizzera, 2011.

[30] SANGLARD, Jorge (org.). *Poesia em movimento: antologia*. Juiz de Fora, 2002.

[31] Ver *Agulha* (www.revista.agulha.nom.br/eus.html); *Tanto* (www.tanto.com.br/Eustaquio.htm); *Germina* (www.germinaliteratura.com.br/2009/eustaquio_gorgone.htm).

de cada provável leitura atravessam a estrutura do poema, injetando-lhe conexões de afeto e de reflexão, de presença histórica e de devir que cada provável leitora ou leitor traz como enunciação de si mesmo. O poema, portanto, tão intrínseco ao poeta – nesse caso, à geografia de uma Minas Gerais revelada segundo um ponto de vista particular – se dispersa no âmbito de outras cartografias. Ou melhor, a estrutura e as insinuações de sentido do poema são recriados em latitudes físicas e emocionais que o tornam parte do mundo sem deixar de ser parte de uma parte desse mundo.

O poeta e ensaísta nos impulsiona a decifrar esses aspectos, quando observa: "A arte é coisa morta. Feita de lembranças nossas e dos outros, das saudades; arte é a história dos que não mais estão presentes"[32] Em vista da tensão que confere significado à vida do sujeito e subjaz à formulação do tipo "a arte e a história são a presença dos ausentes", não é de estranhar que Gorgone identifique certos aspectos do seu procedimento poético com a estética do Barroco: "Considero minha poesia um pouco barroca, aquelas contorções do barroco, as perspectivas, as sobreposições... o barroco era universal porque convive com a angústia, o anseio da impossibilidade do ser humano ser feliz".[33] Em linhas gerais, o que há de barroco em sua poética não se resolve apenas à superfície do poema. Antes, o que vemos como contorções e sobreposições são resultados de uma trama histórica e psicológica que, ao mesmo tempo em que particulariza, amarram-nas – através de fios invisíveis, mas atuantes – às vivências de um todo a que chamamos de humanidade.

Um outro traço, vinculado à tensão gerada pelo insulamento e à poesia-mundo, permeia a obra de Gorgone; referimo-nos ao fato de o autor sobressair-se com voz e estilo próprios num período (as décadas de 1970 e 1980) em que as releituras do Modernismo, as assimilações fragmentadas do Concretismo e a aposta na relação vida-poesia dos chamados autores marginais se apresentavam como o horizonte para quem se interessava por pertencer a uma determinada comunidade de poetas. Sem furtar-se ao conhecimento dessas tendências, o poeta cerziu com precisão, desde a sua estreia em 1979, um universo poético para o qual, até o momento, podemos evocar antecedentes, mas não sucessores. Para os conhecedores do percurso de Gorgone essa afirmação não soa exagerada, pois, apesar da discrição do autor, sua obra se prospecta como um

[32] BITTENCOURT, Esther Lúcio. Idem, 2012.
[33] Ibidem, 2012, s/p.

território – dentro do que é possível para a poesia – indispensável, já que provoca as tradições literárias e culturais (sem prescindir delas), celebra a integridade da palavra (sem deixar de desconfiar de seus limites) e investe no diálogo entre as diferenças (sem abandonar-se a um relativismo estéril, que inviabiliza a tomada de posições em face dos conflitos).

Para quem aprecia as relações entre autores, estilos e épocas, a obra de Eustáquio tem muito a oferecer. Não há como não encontrar em sua poética traços do Barroco que, nas Minas Gerais do século XVIII, moldou procedimentos e inspirou atos de burla e rebeldia. Na adoção do jogo, na ênfase aos paradoxos ou na evocação de um cenário místico e sensual, permeado por atos sagrados e profanos, a poética de Gorgone se insere numa tradição que enforma os sonetos mais tensos de Cláudio Manuel da Costa ou os retábulos recortados por curvas e abismos de Antônio Francisco Lisboa. No livro *Delirium-tremens* o poeta evoca esse referencial estético e cultural do Barroco, forjado sob a interdição da linguagem metafórica e o consequente desafio para decifrá-la:

> Creia, *prima facie*, que os joelhos
> Foram feitos para caírem,
> E os santos pintados a óleo existem
> Para colorir as ruas escuras.

No contraponto da tradição, sem romper de todo o diálogo com ela, Gorgone emprega algumas técnicas da vanguarda concretista, que, durante as décadas de 1970-1980, foram apropriadas por autores não necessariamente vinculados à vertente da poesia visual. A tomada do espaço gráfico como elemento constituinte do poema, a fragmentação da palavra e a ruptura da unidade rítmico-formal representada pelo verso, alguns dos recursos de alta rentabilidade estética utilizados pelos adeptos da poesia visual foram assimilados de maneira não programática por Gorgone. Aqui e ali, o poeta se vale desses recursos, mediante uma leitura própria, assim como o faz em relação aos procedimentos gerados no âmbito do Surrealismo ou do Barroco. Porém, aos elementos característicos da poesia visual o poeta associou um campo semântico de herança barroca ou, dito de outra maneira, tradicional, gerando um contraste entre a forma vanguardista e o conteúdo de um barroco revisitado, como podemos notar em montagens esparsas que compõem os livros *O cavalo e a sombra* (inédito) e *Exercícios* (1986), do qual extraímos o poema a seguir:

A depressão
dobra as sobrancelhas   é meia
de calçar   a língua
vermelhas flores   vinagre
véspera da tua chegada   ada.
Quando estás perto da
cidade
o sol desce ao chão   por
suas cordas e a grama   fica
dura como   seta.
Todo lençol à   minha volta
açucara cobertor.
Vivo
então sob asfixia   e tristeza,
alegria perde o   g
e tua presença liberta   li
meus cavalos   de pez.

Essa fatura, mais do que ressaltar oposições do tipo tradição *versus* vanguarda, convoca o leitor a um contínuo exercício de interpretação, seu único ancoradouro. Esse estado se instaura porque, segundo o crítico Gilvan Procópio Ribeiro, na poesia de Gorgone "o tradicional se vê submetido a um tratamento renovador, de tal forma que os clichês seculares se desmoronam pelas novas articulações e nexos sintáticos que se estabelecem." Prova disso é que essa poética se fortalece por superar as dicotomias e investir nas negociações, nem sempre fadadas às sínteses. Se, em certa medida, os poemas formalistas de Gorgone se nutrem do experimentalismo ventilado pelas vanguardas – daí a possibilidade de se observar os laivos do Concretismo que perpassam aqui e ali a sua obra –, por outro lado não há como não raciocinar sob outra perspectiva, para ver a relação desse formalismo com os jogos encetados por Luis de Góngora e Francisco de Quevedo, ícones da poesia barroca, para quem a construção rebuscada da imagem podia combinar-se ao refinamento da argumentação e dos conceitos. Contudo, a presença de tais elementos na obra do poeta não significa a adesão a essa ou àquela vertente, pois através de sua intervenção estética ele transforma as fontes nas quais ameniza a própria sede. Ou seja, essa ação estética não se limita a ratificar o apogeu do Barroco nem a lógica do poema-objeto, embora se nutra da seiva de ambas as referências.

Em termos gerais, aquilo que ocorre na relação de Gorgone com a tradição e com a vanguarda – isto é, um reconhecimento que é simultaneamente uma transformação – se reduplica no contato com seus pares de criação. No trato com as reminiscências e com o cotidiano rural, como não ver que se acenam o Gorgone de *Passagem na orfandade* e o Carlos Drummond de Andrade de *Boitempo*? Ou o Gorgone de *Delirium-tremens* e a Adélia Prado de *O pelicano*, ambos tensionados pela reverência ao sagrado e pela sedução de uma transgressão interior? Ou o Gorgone de *Fuzis leporinos*, a Cecília Meireles, de *Romanceiro da Inconfidência* e o Afonso Ávila de *Código de Minas*, três vozes indignadas com a opressão perpetrada pelo Estado e pelas oligarquias? Ou, ainda, por conta do sentido telúrico que os toca e da linguagem arcaizante, toda a poesia de Gorgone e a poesia toda de Dantas Mota? Aliás, a propósito deste, o também poeta Carlos Machado fez afirmações que casariam a gosto com a poética de Gorgone. Para Machado, "Dantas Mota é um autor único. O que escreveu não tem similar, nem antes nem depois dele. Aparentemente, não seguiu nenhum outro poeta, nem deixou seguidores."[34] Ou, além do círculo da poesia, o Gorgone de *Pouso Alto* e o Eduardo Frieiro, ensaísta, autor de *Feijão, angu e couve: ensaio sobre a comida dos mineiros*? O diálogo, nesse caso, torna-se possível a partir do espírito aguçado com que o poeta e o ensaísta atuam como etnólogos, capturando detalhes de uma ordem social, a bem dizer, a dos interiores de Minas Gerais.

Em síntese, as janelas que Eustáquio Gorgone abre para a história da literatura, os estilos de época e seus pares de criação não se limitam ao reconhecimento de afinidades, que permitam ao poeta sentir-se "parte" de um sistema. Antes, o autor problematiza o modo como essas afinidades contribuem para a constituição de uma identidade poética específica. Por isso, uma leitura atenta de sua obra sinaliza que estamos diante de um poeta que não se faz poeta pelos temas que elege mas, sobretudo, pelo método que articula para iluminar nestes temas algo que, à primeira vista, não apreendemos. Tal método procede de uma percepção do ato criativo como uma busca da diversidade de representações, seja para a realidade objetiva ou para as abstrações que rondam

[34] Cf. Carlos Machado. Boletim sobre Dantas Mota. Número 264 - Ano 7 - São Paulo, quarta-feira, 1 de abril de 2009. In: <www.algumapoesia.com.br/poesia3/poesianet264.htm >. (Consulta: 11 de março de 2011, 16: 40 min).

o sujeito. O método de criação de Gorgone nos remete a uma das técnicas da gravura em metal, o talho-doce, na qual o desenho emerge diretamente da chapa metálica, como resultado de incisões feitas por ferramentas de aço, pontiagudas, precisas no trato com o material. De maneira semelhante, a palavra de Gorgone entalha na superfície do real aquilo que o próprio real possui de mais profundo. Lembremos aqui que *Talho-doce* é o título de um dos livros do poeta, hábil na reinvenção da realidade que observa.

Aliás, uma passagem de sua vida nos ajuda a compreender algo de seu método de criação sem que, obviamente, estejamos considerando a obra como reflexo imediato da vida. Trata-se de um exercício de observação do homem por detrás do poema, de aproximação à sua intimidade na intenção de melhor lidarmos com a sua arte poética. No período de 1979 a 2011, o poeta foi funcionário do Instituto Nacional do Seguro Social (INSS). No contato direto com os pacientes, o poeta-funcionário estava encarregado de preencher longos prontuários, contendo informações sobre os pacientes. Enquanto conversava com eles, ao lado das perguntas protocolares, para as quais se esperava respostas protocolares, Gorgone acrescentava outras demandas que tocavam, em geral, nos temas de interesse dos previdenciários que acolhia. Ao ter como respostas, palavras carregadas de afeto, reveladoras de uma intimidade que não atrai os olhares dos sistemas burocráticos, o poeta terminava por ter diante de si retratos inteiros de pessoas com nome e vida próprios. Estas, por sua vez, entregavam-se, surpreendidas, ao zelo de um funcionário ainda mais poeta, porque justo nos instantes de aridez e impessoalidade, mostrava-se capaz de partilhar o assombro da poesia. A quase invisível poesia que transforma em experiência transcendente o gesto mais fugaz.

Relacionada à cena literária, essa cena de vida ilumina certos aspectos do método de Gorgone. Isto é, o olhar do poeta não se curva às linhas daquilo que convencionamos chamar de realidade ou que, por circunstâncias políticas, culturais e ideológicas nos ensinaram a aceitar como a realidade. No encontro burocrático entre um funcionário público e um requerente de benefícios, Gorgone percebe a violência e a arrogância dos sistemas administrativos. Porém, sem ceder a eles, reage com a serenidade do sujeito crítico, colocando à frente da burocracia os procedimentos silenciosos e corrosivos da poesia. Em sua poética, a realidade é algo maior do que nos é dado, pois é articulada como movimentos e formas simultâneas, sempre passíveis de interpretações diferentes daquelas constituídas como exemplares. Daí, a ironia e, em alguns momentos, o sarcasmo que perpassam a poética do autor de *A fortaleza de feno*, seja para desmontar, sem alardes, os lugares comuns e os consensos sociais, seja para descobrir neles representações e sentidos inesperados, capazes de transformar a maneira como nos relacionamos com a realidade. Por isso, sem contar com o auxílio do milagre, que molda os objetos e as sensações com valores *ab alto*, das ideologias, que conferem sentido a certos fragmentos da história, o poeta trabalha a concretude da linguagem verbal e, simultaneamente, as fronteiras nebulosas do imaginário e do sagrado.

Para termos uma ideia de quanto esse método se envolve com a linguagem verbal, sentida e apreendida em sua concretude, basta verificarmos o rendimento que o poeta obtém, no domínio sintático, do módulo sujeito seguido do predicado nominal: "Minas é lágrima sebenta" (*Minas*), "Seu uniforme é um prepúcio" (*Fuzis leporinos*). Essa ordem apoia o importante papel que os adjetivos, as locuções adjetivas e os predicativos exercem nos poemas. Ao lançar mão desse recurso, Gorgone estimula a realização de uma leitura substantivada dos termos qualificadores, fato que propõe uma poética de nomeações marcada pelo caráter visual e pictórico.

O emprego dos adjetivos é uma de suas marcas estilísticas e não é fora de propósito considerar que algumas das observações elaboradas por Ernesto Guerra da Cal, acerca do estilo de Eça de Queiroz se aplicam à poética de Gorgone, desde que levemos em conta, obviamente, as peculiaridades dos momentos históricos e literários em que se situam os dois autores. Guerra da Cal, num clássico estudo sobre o estilo de Eça, anota que muitas análises da obra do autor português ressaltam a presença da adjetivação como "um dos seus meios expressivos de mais penetrante e original irradiação pessoal (...)."[35] Isso se articulou à medida que Eça evitou a aliança lógica que, gramaticalmente, confere ao adjetivo a condição de qualificativo previsível do substantivo. Numa interpretação pessoal dessa regra, Eça evita "o adjetivo que, por sua propriedade lexicológica, se junta ao nome pelos caminhos retos e sancionados do dicionário. Ao contrário, procura impor ao substantivo

[35] GUERRA DA CAL, Ernesto. *Língua e estilo de Eça de Queiroz*. Rio de Janeiro: Tempo Brasileiro, 1969, p. 111.

uniões desacostumadas com epítetos e qualificativos à primeira vista impróprios, que pareceriam evitar a relação com ele."[36]

Longe de propormos para a poética de Gorgone uma análise detalhada quanto a que Guerra da Cal realizou para a obra de Eça, nos permitimos afirmar que pelo menos o uso do adjetivo em combinações insólitas com o substantivo constitui um procedimento comum a ambos. Se o autor de *O primo Basílio* nos surpreende com construções como "jejuns transparentes", "faces pensadoras dos rochedos", "sonhos espessos",[37] outra não será a reação dos leitores de Gorgone diante de proposições como: "namorados bicéfalos" (*Delirium-tremens*), "chuva azeda nas ruas" (*Sol versus sol*), "sinos roufenhos das torres" (*Litogravuras*), "um efebo ferroviário/e sua dama aritmética" (*Visitando a cidade*) etc.

O diálogo estilístico – que pode resultar da ação intencional do poeta ou de articulações teóricas produzidas no decorrer da análise crítica – permite-nos contrastar, no tocante à construção de imagens, a poética de Gorgone com a do poeta irlandês Dylan Thomas. Note-se que não falamos em diálogo por afinidade de processos mas, antes, em diálogo por aferição dos contrastes que se tornam visíveis na formulação de um mesmo processo. Como afirma Dylan Thomas, a respeito de sua obra, cada "imagem encerra no seu centro o germe da própria destruição e, segundo creio, o meu processo consiste numa ininterrupta construção e destruição de imagens que saem do núcleo central que é, ao mesmo tempo, destruidor e construtivo."[38] Dylan Thomas, a partir de um imagem criada emocionalmente, labora para "que se crie outra e que esta se oponha à primeira", e que "da terceira nascida das outras duas se forme uma quarta contraditória" evidenciando, nesse processo, a intervenção de suas "faculdades intelectuais e críticas."[39]

No processo de Gorgone a imagem não se desdobra a partir de "um núcleo central; de fato, cada imagem é autônoma e, ao associar-se a outras num *continuum* (e aqui se resume a semelhança com o processo de Dylan Thomas), eclode na constelação que é o poema. Por outro lado, se em Dylan Thomas a imagem é construção/destruição de si mesma, em

---

[36] *Idem*, p. 113.

[37] *Ibidem*, p. 115, 131, 132.

[38] THOMAS, Dylan. *A mão ao assinar este papel*. Tradução e prefácio Fernando Guimarães. Lisboa: Assírio & Alvim, 1990, p. 12.

[39] *Idem*, p. 12.

Gorgone cada imagem, por ser autônoma, pode assim permanecer, isolada, ou associar-se a outras no corpo do poema. Prova disso é que muitas de suas imagens funcionam como micropoemas:

> [...] a volúpia vaga
> Sondando o ânus dos animais
> (*Delirium-tremens*)

> [...] os bois de mola,
> presos na montanha, me enternecem.
> (*Talho-doce*)

Ou, pelo recurso da acumulação, como macropoemas:

> Céu verde.
> Infância assediada por montanhas,
> rios com peixes de malacacheta,
> mamoeiro tirando leite da terra,
> relâmpagos com talhas luminosas,
> pedras rajadas, livros, escolas,
> galos de seda na madrugada,
> farinha úmida de sonhos,
> doce inverno, cruz em broto,
> rosas e a rosa do corpo.
> (*Exercícios*)

As relações entre a produção de imagens na poética de Gorgone e a de outros autores demonstram que, muitas vezes, a eficácia de determinado processo transcende as particularidades históricas, sociais e estéticas. Sobretudo se o que está em jogo é a urgência em dar sentido à realidade ou, literalmente, criar uma realidade outra, capaz de sublimar as dores e desmandos verificados na primeira. Por isso, a reiteração de um amplo repertório de imagens, acompanhado da respectiva abertura para um campo semântico não habitual, estabelece na obra de Gorgone uma ambiência marcada pelo confronto entre o mundo concreto e um "outro" mundo, ainda que não se estabeleça a ruptura do cordão umbilical que os mantém interligados.

Esta ambiência de fusão e ruptura expande-se de maneira ostensiva quando o poeta aborda questões vinculadas ao imaginário e ao sagrado apreendidos, inicialmente, num solo histórico e cultural reconhecido. Ou seja, a partir das Minas Gerais – mundo concreto, onde se desenvolvem complexas relações sociais – Gorgone constrói uma poética que, sendo de Minas, constitui-se como uma poética sem fronteiras. Isso se processa à medida que o jogo praticado com os substantivos e adjetivos se reduplica também no campo conceitual. Em outros termos, no jogo gramatical, a linguagem aponta para aquilo que está além dos enunciados previstos, enquanto que no jogo conceitual as proposições nos iludem com as referências feitas ao real imediato. Ao falar dele, não é exatamente ao real que o poema se refere. Por isso, tanto o imaginário quanto o sagrado, pretensamente conhecidos, tornam-se um desafio à nossa capacidade cognitiva, pois são mostrados como enigmas que se abrem para outros enigmas.

No tocante ao imaginário, Gorgone o aborda desde uma perspectiva pessoal sem desconsiderar o quanto a coletividade se faz representar através dele. O imaginário, como resposta do sujeito à angústia decorrente da inexorável passagem do tempo[40], é um componente central da poética de Gorgone. Esse aspecto situa o poeta na companhia de outros sujeitos que se inquietam com as restrições que lhes são impostas pela frequência histórica dos acontecimentos e pelo pragmatismo da vida cotidiana. Se observarmos que Durand considera que a resposta à passagem do tempo ocorre através de um acervo cultural de imagens produzidas pelo sujeito, é válido considerar que tal acervo está impregnado pelas experiências locais e interpretações elaboradas por diferentes sujeitos. No caso de Gorgone, as experiências e interpretações evidenciam as muitas imagens, formas e sensações que aludem a uma provável Minas, cujos contornos gerais são tingidos pelas cores do Barroco, as ondulações das montanhas e o "silêncio" de quem as habita.

Porém, o olhar pessoal do poeta sobre esse imaginário é marcado pela ironia disfarçada sob a tênue capa de uma suposta tranquilidade que molda o homem e seu território. Nesse sentido, o imaginário que sua poética exprime não é senão uma reinvenção da realidade, através da qual tomamos contato crítico com as fissuras do real histórico. Exemplo desse procedimento são os versos de *Fuzis leporinos*, livro no qual a crítica ao período de exceção, representado pela ditatura civil-militar no Brasil, é redimensionada através de imagens constrangedoras para os agentes da repressão:

---

[40] DURAND, Gilbert. *As estruturas antropológicas do imaginário: introdução à arquetipologia geral*, Trad. Hélder Godinho. São Paulo, 2012.

Meu general dorme
numa cama de verrugas.

Sua respiração corre
como velho estafeta.
[...]

Seu uniforme é um prepúcio
que nunca o abandona.

Algo similiar ocorre na crítica à velha burocracia, que inferniza a vida cotidiana dos habitantes da província:

A capital, mó desse engenho,
rói as suas fotografias.
Na Secretaria da Educação, ícones
parafusam as professoras.
(Minas)

Ao tecer o diálogo entre os valores do imaginário coletivo e a interpretação pessoal que realiza dele, Gorgone faz de sua poética um exercício de liberdade (que transcende os imediatismos do cotidiano) e de crítica social (que evidencia o mal-estar do sujeito na sociedade, ao mesmo tempo em que vislumbra possibilidades, ainda que insólitas, para ultrapassá-lo). Assim como a repressão política ou a burocracia dos serviços públicos, a religião é um dos componentes sociais que não escapam ao crivo do poeta. Em princípio, não é a vivência do sagrado que prende a atenção de Gorgone, mas uma versão histórica dessa vivência representada pela Igreja Católica como instituição religiosa, difusora de uma doutrina específica.

O ambiente social, político e cultural gerado no âmbito dessa instituição permeou concretamente a vida dos habitantes das áreas urbanas e rurais do Brasil, desde o período colonial. Porém, como ressalta Eduardo Hoornaert, "a entrada do cristianismo no continente não correspondeu às expectativas dos povos daqui, mas, sim, a uma vontade política que partia da Europa, no sentido de realizar seu projeto. Daí o grave desequilíbrio que até hoje estigmatiza a religião cristã na América Latina e no Caribe: muita política *versus* praticamente nenhum diálogo cultural".[41] Longe de

[41] HOORNAERT, Eduardo. *História do cristianismo na América Latina e no Caribe.* São Paulo: Paulus, 1994.

fixar uma leitura sociológica desse problema, pode-se dizer que Gorgone captura, com os recursos próprios do discurso literário, os efeitos da religiosidade católica na sociedade brasileira. Nesse caso, Minas Gerais, tomada como a parte de um todo, exibe uma face da Igreja católica que se apropriou da estética do Barroco, transformando-a em mediadora entre a sua doutrina e os seus devotos. Pensemos, por exemplo, no impacto estético e religioso que o devoto experimentava diante das cenas sagradas expostas nas igrejas de Ouro Preto, Mariana e outras cidades do ciclo do ouro. Nesses ambientes, o chamado à fruição e a pulsão de fé se articularam e, às vezes, quase se fundiram para encenar, a partir da imanência, as promessas da transcendência.

No entanto, nas obras de Gorgone o catolicismo "barroco" (que transforma a fé em espetáculo, o devoto em artífice de sentidos ambíguos, a autoridade eclesiástica em déspota de corpos e almas) contrasta com a visão do sujeito leigo, fiel à razão, mais do que ao dogma. Desse embate, nasce uma linguagem tensa, que forja as fronteiras do sentido e não cede, mesmo na iminência de uma ruptura ou da instauração do *nonsense*. Aliás, por essa fresta podemos entrever o quanto o autor de *Manuscritos de Pouso Alto* tangencia as raias do Surrealismo. Sem dizer o quanto se aproxima desse movimento, o autor, uma vez mais, abre sua poética como um leque de possibilidades formais e estéticas, como acontece de hábito com as obras mais instigantes. Por esse viés surrealista, Gorgone transfigura situações e objetos para demonstrar que a forma real, ou histórica, em que se apresentam é uma circunstância, um breve momento que, por força de certos valores culturais, políticos ou religiosos pretendem ser vistos como imutáveis. Em se tratando da religiosidade austera proposta pela instituição eclesiástica, o poeta age no intuito de desnudá-la. Para tanto, vale-se dos signos da própria instituição, interpretados, todavia, desde uma perspectiva que desestrutura o *status quo*. Em *Delirium tremens* esse procedimento é apresentado como espinha dorsal do processo criativo:

> Cristos nus sob mantos roxos
> Olhavam as meninas de joelhos de fora.
>
> *
>
> Esta velha igreja já se aproxima
> da menopausa
>
> *

> Sim, a igreja é uma fêmea cheia de anjos,
> Caiada, estufada de réquiens

Em *Pouso Alto*, o processo se intensifica:

> A igreja é um anjo mau.
> Certa noite, por ela fui devorado
> quando olhei para as suas torres.

O acúmulo de imagens, como as citadas, reforçam o conhecimento que temos de certos signos do catolicismo colonial, a começar pelo acervo arquitetônico, em particular as igrejas, que ajudaram a moldar o imaginário de uma experiência religiosa tensionada entre o corpo e a alma, o prazer e a culpa. Atento a esse fato, Gorgone visita com frequência essas construções; como um engenheiro às avessas, satura o poema com os seus nomes para revelar, enfim, o labirinto de sedução e medo em que se converteram. No livro *Ossos naïves*, essa técnica é empregada com esmero no poema 15, da primeira parte:

> igrejas sem direitos preferidos:
> Igreja da Misericórdia, Egreja
> dos Velhos Anjos, do Senhor Secco,
> das Paixões, Segunda Egreja
> Bella Serra, Egreja do Chapéo,
> Egreja do Asilo Eterno, Primeira
> Igreja da Graça Amorosa, Capela,
> Capela Quase Moça, Egreja do
> Porco Vingado, Capela-hospício,
> Matriz do Cervo Azul, Terceira
> Edícula Colada.

O fascinante é que em nomes, aparentemente avulsos, reside uma carga poética avassaladora, que remete às lutas internas da instituição eclesiástica, muitas das quais, como bem frisou Caio César Boschi, envolviam recursos financeiros, domínio sobre o capital artístico das capelas e igrejas, enfim, elementos demarcadores do prestígio maior ou menor de uma paróquia.[42] Nesse cenário de enfrentamentos, a poesia

---

[42] Para uma compreensão das relações entre religião e poder nas Minas do período colonial ver BOSCHI, Caio César. *Os leigos e o poder*. São Paulo, 1986.

se insere entre a Promessa de salvação feita pela instituição e o desejo dos fiéis em alcançá-la. Sob esse ponto de vista, a religião tão presente nos objetos e nas pessoas surge aos olhos do poeta como uma tradição que circunscreve as potencialidades do indivíduo e fixa-se como um teto baixo que sufoca as consciências.

Porém, uma vez reconstruídos através da poesia, os prédios e os valores do catolicismo deixam de ser tão familiares e tudo que conhecemos deles se nos impõe como enigma e indagação. Sob essa perspectiva, na poética de Gorgone a religião consiste numa área de experimentação lúdica e sensual da linguagem e, através dela, o poeta inscreve na tradição o entendimento do Mistério, segundo as aspirações humanas. Nesse processo de reconstrução do real, em particular da experiência religiosa, a sensualidade atua como força transgressora que exibe as fissuras da moral, ao mesmo tempo em que chama o leitor e o devoto para um paraíso tão possível quanto ameaçador. Isto porque, por trás do prazer redescoberto, espreita a sombra da Queda; não há, por fim, beleza impune, como sugere o poema 1, de *Visitando a cidade*:

> Há um menino
> fora dos seminários.
> Por ele bimbalham os sinos
> e a língua das prostitutas.
> Vem puro, sedutor,
> com olhos de própolis.

Nesse ponto, para contornar o peso das normas, sobretudo aquelas provenientes do campo simbólico da religião, o poeta investe numa linguagem saturada por metáforas belas, mas atemorizantes. Decorre daí uma atmosfera que nos lembra em muitos aspectos a dos poetas expressionistas alemães: à maneira de George Trakl, por exemplo, cujas paisagens podem exibir a estarrecedora lembrança dos "órfãos mortos [...] no muro do jardim",[43] Gorgone extrai das cavernas da linguagem imagens que esperam o momento para implodirem, desde dentro do sujeito, as conveniências da vida social. O repertório dessas imagens – cujos sentidos aludem a outros campos de relações do homem com suas perplexidades – instala-se não em um ou outro verso,

[43] TRAKL, George. *De profundis e outros poemas*. Trad. Cláudia Cavalcanti. São Paulo: Iluminuras, 1994, p. 25.

mas permeia a obra inteira do autor. Poderíamos dizer que vista sob esse viés expressionista, a poesia de Gorgone se constitui como uma flor dolorosa, um hino agônico, um salmo de morte. Vejamos algumas dessas referências:

> Cada saliva que te rói como lepisma,
> [...] isso é Minas, enchente, sequidão
>
> (*Minas*)

> No quarto, em seu garrafão de pus,
> ele passa de pupa a imago
>
> (*Fuzis leporinos*)

> Orquídeas roxas de sangue
> brotam nos ladrilhos.
>
> (*Sol versus sol*)

> No púbis da montanha,
> os açougueiros atraem
> os últimos touros.
>
> (*Visitando a cidade*)

> Rabecas enterradas na garganta, oboés
> – alguns cancerosos – a primazia
> Da matéria sobre o tempo.
>
> (*Comarca do Rio das Mortes*)

> Não tarda o sol
> – thesouro tísico –
> ungir teu corpo
> com penumbras.
>
> (*Talho-doce*)

> Em teu colo dormem os porcos
> que apodrecem antes do abate
> e as flores murchas da Páscoa
>
> (*Rubra casca*)

Embora dialogue com as sombras que paralisam o sujeito, a poética de Gorgone continua a ser um exercício que se faz em nome da redenção. Por isso, o poeta não abdica do trabalho de criação, insiste em valorizá-lo como um escudo contra a devastação dos sonhos:

"preciso de mais séculos/para redigir o poema.", afirma em *Manuscritos de Pouso Alto*. E reitera essa disposição, ao constatar que por ser poeta está fadado a lidar com o *nonsense*, essa forma de expressão que, paradoxalmente, torna-se matéria do artesão, do sujeito animado pela reflexão e pela lógica. Gorgone sintetiza esse conflito, em versos como seguintes, do livro *Ossos naïves*: "não é fácil não é fácil mesmo/ manter-se no cavalo adestrado/ em todo o percurso."

É, portanto, na luta com as palavras e com as encenações da cultura, que Gorgone sobressai como autor de uma poética singular, que faz das referências ao passado um pretexto para refletir sobre os dilemas atemporais que afetam o homem. Por isso, das palavras não extrai um sentido único, mas com elas compartilha "a impossibilidade da verdade e os disfarces enganosos de todo discurso."[44] Com a cultura estabelece uma relação dialética, que lhe permite transitar por diferentes correntes estéticas sem restringir-se a nenhuma delas: passando pelo Barroco, Surrealismo, Expressionismo ou Concretismo, o poeta explicita modos de apropriar-se não do núcleo, mas das zonas fluidas ou de dispersão dessas correntes. Ao situar-se nelas, Gorgone concede a si mesmo o direito de remanejar técnicas, valores, formas e motivações para engendrar um tecido poético que, aparentemente similar a outros, vem a ser, no fundo, um garimpo de achados inesperados.

Por serem assim, tais achados revelam o mundo como um estado de atualidade que seduz o poeta pela possibilidade de realizar uma contínua reinterpretação dos fatos históricos, das indagações íntimas ou das tendências estéticas. Daí a sensação de que a pátina visível em seus objetos textuais pode ser fruto tanto da efetiva passagem do tempo quanto do exercício do poeta que, no laboratório da linguagem, experimenta novas concepções para a realidade. Por conta disso, a poética de Gorgone não se ressente da chamada crise da poesia moderna que, no dizer de Marcos Siscar, converteu-se num "*topos* largamente explorado pelo jornalismo, mas também pela universidade (...)."[45] Em termos teóricos, a crise se exprime através da "exaustão, fracasso, pobreza, desvalorização, perda das ilusões, perda de rumo, de centralidade" da literatura, em geral, e

---

[44] Cf. EAGLETON, Terry. *Teoria da literatura: uma introdução*. Trad. Waltensir Dutra. São Paulo: Martins Fontes, 2001, p. 201.

[45] SISCAR, Marcos. *Poesia e crise: ensaios sobre a "crise da poesia" como topos da modernidade*. Campinas: Editora Unicamp, 2010, p. 17.

da poesia, em particular, que se renderam ao mercado ou se mostraram incapazes de "inserir-se nele".[46]

Ao eleger os vestígios como matéria (quedas, ilusões, misérias) e a periferia geográfica e editorial, o poeta de Caxambu declara que o mercado não é o seu fim. Aliás, a precariedade física de suas edições, contrastando com a explosão de significados de seus poemas, inverte a regra dos produtos de mercado, tão saturados de apelo formal e, por vezes, esvaziados de significação. Por não insistir em ser indispensável, mas sobretudo em *ser*, a voz de Gorgone diverge do excesso de ofertas da modernidade. Sua poesia, em meio aos conflitos entre tradição e modernidade, assume-se como poesia, pois, como frisa Siscar, é exatamente ela quem "nomeia o desajuste sem fugir de suas contradições, ao contrário, fazendo dessas contradições ao mesmo tempo o elemento no qual se realiza e no qual naufraga qualquer nomeação."[47]

Por traduzir como tantos esse drama da poesia moderna e, como poucos, o "mundo [que] vira pó" (*Delirium-tremens*) em nossa memória, Gorgone e sua poética se tornam ilhas que não podem ser ignoradas. Isto porque algo original, resultante da escuta e do mergulho, floresce no pensamento do poeta e na cena da poesia brasileira contemporânea. Mais do que demarcar, a seguir, uma conclusão sobre as reflexões desse ensaio, esperamos que a divulgação da obra poética de Eustáquio Gorgone de Oliveira (gestada, desde os idos dos anos 1970, com o desejo de não furtar-se às demandas da vida pessoal do autor e da história social do país) seja, como no dizer do poeta, um "cardo-santo no estômago" (*Exercícios*) ou, como podem aspirar os seus leitores, um passe livre para o território imprevisível da poesia.

À MARGEM

As considerações sobre o percurso de Gorgone nos colocam diante de uma obra singular, que nos desafia a lançar mão de aparatos teóricos específicos para abordá-la. À medida em que isso ocorrer, teremos acesso a uma paisagem poética que, pela sua qualidade estética e seu envolvimento com os dramas mais complexos do sujeito – merece constar entre

46 *Idem*, p. 17.
47 *Ibidem*, p. 11.

os autores e autoras mais relevantes da poesia brasileira contemporânea. Esse fato, do ponto de vista da história da Literatura Brasileira, é alvissareiro pois ressalta que, para além da superfície das obras canonizadas, se desenvolvem experiências poéticas que não se submetem aos recortes e imposições do mercado editorial, dos núcleos de legitimação assentados nas redações da imprensa hegemônica e, menos ainda, nas instituições literárias identificadas como o *status quo* da literatura nacional. Embora seja uma afirmação paradoxal, Gorgone escreve à margem para demonstrar que a cartografia da poesia brasileira se torna menor, quando se restringe a um centro emanador de modelos e de reconhecimento.

As poéticas de autores como Pedro Kilkerry (1885-1917), Roberto Piva (1937-2010), Orides Fontela (1940-1998), Eustáquio Gorgone de Oliveira (1949-2012) e Josely Vianna Batista (1957) – apenas para citarmos alguns nomes – provocam um necessário desconforto no ambiente literário, na medida em que a inserção dessas poéticas na vida social e nas práticas literárias de seus respectivos períodos ocorre paralelamente ao questionamento dessa convivência. Por isso, ao acionarem formas experimentais de linguagem e de sensibilidade, essas poéticas evidenciam que podemos desejar novas perspectivas de vida e de prática criativa. Isso demonstra que, em face dessas poéticas, o solo pisado e repisado da escrita, bem como os temas tomados como referência do poético, podem ser convertidos num trampolim, e não numa barreira, para a busca de novos procedimentos em relação ao poético.

No caso específico de Gorgone, podemos afirmar, em consonância com o poeta e teórico da literatura Gilvan Procópio Ribeiro, que sua poética se estabelece a partir de "um paradoxo envolvente e viscoso: de um lado, a imobilidade de uma linguagem secular e o que ela pretende representar; de outro lado, o vórtice poético que suga e revolve a imobilidade, arrancando sentidos novos à força de formão. A matéria inerte pulsa de vida, se contrai e se distende, permanente e medularmente."[48] O tensionamento que Eustáquio Gorgone impõe a esse processo resulta numa fatura poética que não se resume a reiterar os fenômenos conhecidos, nem a enunciar, em alta voz, uma ideia do novo. Trata-se de uma poética

---

[48] RIBEIRO, Gilvan Procópio. "A poética de Eustáquio Gorgone de Oliveira", In: *Tribuna de Minas*, Juiz de Fora, novembro de 1995.

que não ilude o leitor com promessas, antes o desencanta para, mediante a desconstrução dos fatos previsíveis, instigá-lo a tecer os sentidos do seu próprio mundo. A esse propósito, Gilvan Procópio Ribeiro observa que nos poemas de Gorgone

> a escolha do vocabulário já nos conduz na direção do engano. As palavras estão cobertas de uma pátina de respeitabilidade vetusta. Isto eu conheço, pode afirmar o leitor satisfeito de si mesmo, deixando-se enganar. A transubstanciação poética, a alquimia do verbo, de que Rimbaud já falava, subverte as relações semânticas e faz com que o relicário se abra para se oferecer presente, atual, vivo.[49]

Nesse jogo, em que o poema não viabiliza a empatia imediata com o leitor mas, ao contrário, desafia sua consciência crítica e suas certezas estéticas, Gilvan Procópio Ribeiro ressalta a presença de uma "sensação de estranhamento que parece entranhar o que é familiar." Daí, constata que na poética do autor de *Passagem na orfandade* encontra-se "a realização mais plena da *ostraniênie* já proclamada como virtude pelos formalistas russos."[50] Sob essa perspectiva, entende-se que a poética de Gorgone não se realiza quando revela algo, mas quando desorienta os leitores habituados a definir o mundo em função de determinadas coordenadas culturais. Isso ocorre em boa parte de sua obra, na qual – a exemplo do poema a seguir, extraído do livro *Exercício* (1983) – os elementos se articulam para gerar um sentido a ser recomposto, diuturnamente, pelo sujeito:

> A poesia vai sendo assim
> escrita, cardo-santo no
> estômago. Aos poucos,
> outra luz na noite,
> azul que costura o corpo
> das crianças. Em glebas
> os fonemas se encontram,
> os amargos e doces.
> A poesia vai sendo assim
> escrita. Enquanto

---

[49] *Idem, 1995.*
[50] Ibidem, 1995.

houver tardes, âmbulas,
cada palavra será guardada
em óleos santos.

É no devir que essa poética se lança, embora à primeira vista – pela enunciação de fatos, paisagens e sensações – possamos identificá-la a partir dos rastros de um mundo concreto, no qual as experiências dos sujeitos são compartilhadas. Todavia, a palavra que se mantém "guardada em óleos santos" constitui a metáfora axial de uma poética que se organiza a partir da percepção do gerúndio como a condição de existência do sujeito. Por isso, como salienta o próprio poeta, "Quem ler um texto meu no futuro verá que apenas usei a técnica do silêncio."[51] Ou seja, os enunciados que captamos no contato imediato com a sua poética não são aqueles que, de fato, sustentam o mundo e o sujeito. O que há, enfim, sob tantas estruturas culturais é a "orfandade" do sujeito, sua perene necessidade de construir sentido para o seu acervo de ausências ou, como afirma Hildeberto Barbosa Filho, em tal poética o leitor é convocado "para a reflexão sobre a tópica da efemeridade e do recolhimento."[52]

Eustáquio Gorgone se isola para estar no centro das relações humanas, íntimo de cada sujeito, estranho a todos e a si mesmo. A consciência desse exílio traz o autor à seara dos poetas que veem medrar na linguagem a perspectiva de uma integridade que faltará sempre ao sujeito, não obstante os seus esforços para estar no controle dos acontecimentos. Gorgone é, se o desejarmos, um poeta do Barroco, do Surrealismo, do Expressionismo ou do Modernismo. Porém, ao reconfigurar esses elementos, através de uma contínua operação alquímica, sobressai-se como um poeta da metalinguagem, cuja obra volta-se sobre si mesma para se reinventar. Por conta desses aspectos, é pertinente pensarmos sua obra em diálogo com outras linguagens (sejam elas da arquitetura, pintura, música, ecologia, ciência da religião, história, etc), ainda que o poeta insista em dizer que apenas usou "a técnica do silêncio", ou seja, o não dizer e o não envolvimento com os seus pares. O tensionamento dos aspectos mencionados acima delineia a poética de um autor, cuja trabalho consiste em desbastar a paisagem de tradição literária no intuito de

[51] BITTENCOURT, Esther Lúcio. "Morrem os poetas Eustáquio Gorgone e Toninho Godfredsen". In: .Jornal *Primeira Fonte*. Caxambu, 15 de abril de 2012.
[52] FILHO, Hildeberto Barbosa. "A poesia seminal de Eustáquio Gorgone". In.: *O Norte*, João Pessoa, maio de 1999.

abrir uma clareira estética e dialógica específica. Por um lado, essa especificidade, vista aqui como um circuito fechado, alerta para a existência de outras subjetividades no âmbito do discurso poético, diante das quais experimentamos a sensação de estranhamento em relação àquilo que pensávamos fosse do nosso conhecimento, como indica o poema a seguir, do livro *Passagem na orfandade*:

> Cremos que nossa segurança
> advém dos objetos menores:
> toalhas, escrivaninhas, loções,
> móveis, cálices, documentos.
> Nunca do sol esvoaçando no solo
> ou do ouro enrustido no céu.
> Mercanciamos cedros e ipês
> e hoje temos pequenas abadias:
> cinzeiros, porta-retratos, pentes,
> abajures, alisares e corrimãos.
> Julgamos cada objeto como parte
> de um império e dia após dia
> nos consagramos às miudezas.

Em função disso, somos instados a acionar aparatos de cognição aos quais permanecíamos alheios, até então. Dentre esses aparatos, podemos considerar a lógica de recepção do poema como um exercício de alargamento de nosso repertório sensível (ou seja, o que a poética de Gorgone nos oferece ainda não está catalogado em nossas vivências) e a articulação do significado a partir da obliteração da relação palavra e objeto (isto é, essa poética não se dispõe a nos revelar o sujeito ou o mundo ou, quando o faz é, paradoxalmente, mediante o ocultamento dessas realidades), como sugere o poema a seguir, também de *Passagem na orfandade*, a respeito do imaginário das cidades:

> As cidades valem menos
> que as asas de um besouro.
> Seus murmúrios e conversas
> apenas acrescentam ao mar
> receitas de água e sal.
> Nas janelas, moradores surgem
> como adesivos coloridos.
> E todos seus desejos juntos
> são ramalhetes de urzes.

Por outro lado, a clareira onde se configura a poética do autor de *Ossos naïves* é marcada pela porosidade, uma vez que absorve práticas sociais e experiências estéticas consolidadas e, de maneira acentuada, os *insights* identificadores de áreas de significação ainda não mapeadas. Esse traço dialógico funciona como uma porta de entrada num sistema poético que apresenta, como característica marcante, uma alta carga de complexidade proposta sob uma pretensa expressão de simplicidade. Diante disso, uma questão que se levanta é: com quais práticas e experiências estéticas dialoga Gorgone? Em parte, algumas respostas a essa questão foram alinhavadas ao longo deste ensaio. Um fato a ressaltar é que a predisposição para o diálogo traça um horizonte amplo, ao qual se agregam várias microrrelações que tornam a obra de Gorgone, simultaneamente, mais densa e mais porosa. Por exemplo, seria interessante averiguar a sutileza no uso da cor em seus poemas pari passu ao uso da cor na obra do pintor mineiro Dnar Rocha[53], ou a correlação entre a ambiência de camerata presente em seus poemas (sobretudo aqueles de recorte irônico-religioso) e a música colonial mineira criada por autores como Manoel Dias de Oliveira (1734/5-1813), organista e regente, que realizou composições para diversas irmandades religiosas mineiras do século XVIII e José Joaquim Emerico Lobo de Mesquita (1746-1805), que integrou a Ordem Terceira de Nossa Senhora do Carmo (1789).

Para suplementar as relações propostas pelas imagens círculo/ quadrado e circuito fechado/ porosidade, empregadas anteriormente, podemos considerar a relação entre iluminação e opacidade para pensarmos sobre os procedimentos estéticos de Gorgone. A clareira poética, como um lugar iluminado, nos permite observar práticas e estéticas que conhecemos, a exemplo das estruturas sintático-semânticas utilizadas pelo poeta. No entanto, essa mesma clareira revela sua opacidade, pois nega esses mesmos elementos quando, por exemplo, a estrutura sintático-semântica não nos mostra, de modo explícito, aquilo que esperávamos obter do poema. Esse ato de negar o que é conhecido constitui o caráter radical da poética de Gorgone, pois nos remete a uma origem

[53] Dnar Rocha, pintor marcado pelo movimento expressionista, nasceu em Tabuleiro (MG), em 1932 e faleceu em Juiz de Fora (MG) em 24 de novembro de 2006. Sua obra representa, em grande parte, paisagens mineiras através de cores fortes e traços vigorosos. Sobre o artista ver NEVES, Jose Alberto Pinho. *Dnar: o silêncio das imagens*, Juiz de Fora, 2007.

formada por objetos, valores e intuições que se relacionam de maneira descontínua e assimétrica. Tal caráter que, à primeira vista sugere uma crise no processo de compreensão do fenômeno poético, vem a ser, de fato, um fator que impulsiona o interesse que podemos desenvolver em relação aos modos como criamos sentidos para o mundo. Sob esse ponto de vista, a trajetória de Gorgone nos arremessa no vórtice do fenômeno poético, instando-nos a reconhecer o irreconhecível que pode ser, dentre outras possibilidades, a própria natureza humana.

A PALAVRA E A FRONTEIRA
Dispersão-tensionamento na poética de Prisca Agustoni

SER NOS LUGARES POSSÍVEIS

No presente ensaio abordaremos alguns aspectos que delineiam aquela que até o momento constitui a obra poética de Prisca Agustoni. O seu percurso pessoal, que se realiza entre diferentes idiomas e territórios, se exprime ora como sedução (por indicar as várias identidades que podemos assumir), ora como angústia (por demonstrar a impossibilidade de nos contentarmos com uma dentre as tantas *personae* que poderíamos ser). Entre a sedução e a angústia, a autora desenha uma obra que – à maneira de outras de seu tempo – questiona a constituição dos campos literário e social de onde emerge. Para se ter uma visão preliminar dessa questão, é válido pensar em poéticas como as de Carlos Drummond de Andrade e João Cabral de Melo Neto que, embora integradas ao seu *locus* de origem, transcendem essa fração cultural para se constituírem, elas mesmas, como um campo literário particular.

Agustoni nasceu em maio de 1975, numa família de pai ferroviário e mãe dona de casa, em Lugano, no cantão Ticino, na Suíça. Tanto seu pai quanto sua mãe são originários dos vales rurais da região: o pai Giancarlo Agustoni, do Vale di Muggio, perto da cidade de Mendrisio (onde a autora cursou o Ensino Médio no Liceo Cantonale), região fabril que, no início do século XX, empregou muitas adolescentes na indústria do algodão; a mãe Augusta Rita D'Alessandri, do Valle Leventina, no norte do cantão, perto dos Alpes, região de montanha e neve onde nasceram dois dentre os mais importantes escritores da Suíça: Giorgio Orelli (1921-2013) e Giovanni Orelli (1928-2016). O casarão da família materna na montanha (onde Agustoni passou as férias durante a infância) e a casa da estação ferroviária do povoado de Maroggia (onde a poeta cresceu) são referências geográficas e afetivas que aparecem com frequência em seus textos de poesia e de prosa. A partir desses ambientes, desenhou-se a experiência do plurilinguismo que seria, mais tarde, um dos elementos constituintes de sua obra. Em 2017, numa entrevista à *Revista Vallejo & Co.*, de Lima, no Peru, a poeta comentou sobre esse fato.

> En mi casa se hablan dos dialectos de la Suiza italiana. Inimaginable, para mí, dirigirme a mis padres en italiano, aunque esta sea mi lengua materna, oficialmente. El empleo del italiano en casa suena como algo «técnico», extraño, anormal. Yo crecí hasta los cuatro años prácticamente escuchando y hablando estos dos (o tres) dialectos (mi padre, mi madre y mis abuelos, que era otro todavía). [...] Luego vino la formación en la escuela, toda en italiano, y la vinculación con una tradición literaria. Pero por ser suiza, a los ocho años empecé a estudiar francés, con doce años ya estudiaba cuatro horas por semana de francés y cuatro de alemán, luego vino el inglés, el español... en fin.[54]

A autora residiu nessa região de fronteira com a Itália , numa estação ferroviária, até os 18 anos, quando se transferiu para Genebra, área de fronteira entre a Suíça e a França. Ingressou no Curso de Letras da Universidade de Genebra licenciando-se em Espanhol, Filosofia e Italiano. De 1994 a 1998, frequentou cursos ministrados por críticos literários como George Steiner, Jonathan Barnes e a filósofa italiana Roberta Di Monticelli. Durante a licenciatura, estudou Literaturas Espanhola e Hispano-americana, um caminho que ela já vinha palmilhando no Ensino Médio quando descobriu as obras de Gabriel García Marques, Juan Rulfo, Ernesto Sábato e os grandes narradores latino-americanos. A etapa universitária confirmou o seu interesse pelas obras de Pablo Neruda, Gabriela Mistral, Blanca Varela, Nicolás Guillén, Alejandra Pizarnik, bem como de Federico García Lorca e Miguel Hernandez, da Geração de 27, na Espanha. Ainda nessa fase, a poeta entrou em contato com as literaturas de matriz africana escritas em espanhol, em particular, a afro-cubana. Em 1997, Agustoni realizou uma longa viagem ao México e à Cuba, ocasião em que se dedicou à obra de outros autores da ilha, dentre eles Virgilio Piñera e Miguel Barnet.

Nos cursos de italianística, sob a responsabilidade do poeta italiano Fernando Bandini (1931-2013), Agustoni estudou as obras clássicas

[54] AGUSTONI, Prisca. "Un buen poeta es antes de cualquier cosa buen lector de poesía", In.: Vallejo & Co., Lima, 07 abril 2016.

de Dante e Petrarca e o acervo da poesia italiana *del Novecento*, no qual se destacaram Camillo Sbarbaro, Eugenio Montale, Vittorio Sereni, Antonia Pozzi e Andrea Zanzotto. *Pari passu*, a autora ouviu e analisou obras da música popular italiana, enriquecida pela dicção de "cantautores" como Fabrizio De André. Na década de 1990, Agustoni acrescentou a esse repertório as poéticas dos brasileiros Chico Buarque de Holanda e Caetano Veloso (a quem dedicou o poema "Santo Amaro", inserido no livro *Días emigrantes*, 2004, p.58), dos cubanos Silvio Rodriguez, Pablo Milanés, grupo Buena Vista Social Clube e do espanhol Paco Ibáñez.

No tocante à Literatura Suíça, suas leituras perpassaram as obras de Giorgio Orelli, Giovanni Orelli, Fabio Pusterla, Antonio Rossi, Plinio Martini e Pierre Lepori, que abordaram, entre outras, questões relativas à fronteira, ao território e à solitude. Esses temas foram revisitados, a seu tempo, pela perspectiva daquela que se exprime como uma poeta-em-trânsito. Esse traço distintivo faz de sua poética uma espécie de ilha onde aflora sua especificidade estética, fruto do diálogo com outras realidades socioculturais e, ao mesmo tempo, um continente onde reconhecemos seus vínculos com o circuito literário suíço, solo inicial de sua vivência linguística e afetiva. Além desses autores, Agustoni rastreou, não sem dificuldades, algumas vozes femininas da Literatura Suíça. Dentre elas, Anne Perrier (Lausanne, 1922 – Saxon, 2017), suíça de língua francesa, e Alfonsina Storni (1892-1938), poeta de origem ticinesa que emigrou para a Argentina no final do século XIX. Essa leitura, de modo particular, chamou-lhe a atenção para as restrições históricas impostas às mulheres no seu processo de escrita e, paralelamente, para a condição daquelas que, à maneira de Storni, foram reconhecidas pelo *status quo* – e sob certos aspectos, enclausuradas no papel de mártires – após a tragédia do suicídio. Mais tarde, a autora analisou essa questão em textos acadêmicos, assumindo um posicionamento crítico em relação aos mecanismos que definem o cânone literário relegando, quase sempre, as vozes dissonantes – mulheres, negros, indígenas, imigrantes – a um segundo plano na cena literária.

Dentre as expressões artísticas de maior apelo para Agustoni sobressaem a fotografia e a pintura. A primeira foi-lhe apresentada pelo pai, fotógrafo de circunstância, dotado de um especial talento para o registro de imagens e de acontecimentos vinculados ao círculo familiar. Embora não tenha se dedicado à fotografia, Agustoni não a perdeu de vista: seus registros pessoais são caracterizados por um olhar refinado, que captura os aspectos psicológicos da imagem sob um cuidadoso recorte técnico. A mostra desse apreço pela fotografia veio com a publicação do livro *Diario di bordo* (2015), no qual os poemas de Agustoni dialogam com a obra de Marcel Gautherot, fotógrafo francês nascido em Paris, em 1910, e falecido no Rio de Janeiro, em 1996. Da série de fotografias que Gautherot realizou sobre a construção de Brasília, Agustoni extraiu poemas que oscilam entre a descrição objetiva e a insinuação irônica, a exemplo deste "Brasília I: Piazza dei tre potere":

la città sorge dalla morte
dalle ossa
dal *cerrado*

sottile, alza al cielo le sue membra
fíbula omero ulna
jaguarundi tapiro tatu

quasi stesse pregando
con compostezza
per gli assenti [55]

Agustoni mantém com a pintura uma relação semelhante àquela com a fotografia. Tendo desenhado com regularidade na adolescência, a poeta abandonou essa prática, mas não o hábito de frequentar exposições e de estudar sistematicamente a vida e a obra de vários artistas plásticos. Essa face de sua educação estética está fixada em seu livro de estreia, *Inventario di voci* (2002), onde nos deparamos com a suíte intitulada "Fiabe/ Fábulas". A série é formada pela referência a cinco pintores e uma pintora. Abaixo dos nomes de cada um, a poeta inseriu um subtítulo que remete à sua percepção pessoal de algum aspecto das obras desses artistas. Temos, então, a seguinte série "1. Chagall/ Les amoureux", "2. Matisse/ Nu bleu II", "3. Morandi/ Paisagem", "4. Verefkin/ Árvore vermelha", "5. Modigliani/ mulher jovem", "6. Dnar Rocha/ Paisagem do meu bairro". Nesse livro, que é também o primeiro exercício de autotradução realizado por Agustoni, as artes plásticas se revelam como um dos elementos impulsionadores de sua linguagem. A criação e a recepção da imagem, implicadas no modo como o sujeito olha para o mundo, permeiam a sua poética, ora através da reflexão

[55] AGUSTONI, Prisca. *Diario di bordo*. Belo Horizonte, 2015, p.27.

sobre a imagem, ora através da fixação de cenários e objetos. No fragmento da suíte dedicado à pintora Marianne von Verefkin (Tula, Rússia, 1860 – Ascona, Suíça, 1938) essas tendências se entrecruzam e apontam os meandros psicológicos que subjazem à aparente inércia das formas[56]:

VEREFKIN
Árvore vermelha

Educados para pensar.

Pois o descanso também é rubro
e a alma se movimenta
nas noites indizíveis.

Me vejo quieta nos labirintos
que incendeiam os olhos. [57]

Verefkin, *The Black Women* (Schwarze Frauen), 1910

O interesse pela presença e/ou ausência das mulheres em ambientes culturais, particularmente no meio literário, motivou Agustoni a ingressar no *Master in Genders of Studies,* organizado pelas Universidades de Genebra e Lausanne, entre 2000 e 2002. Ao final do *Master* a poeta apresentou a dissertação intitulada "Le jardin sans paons: idéalisations et

[56] *The Black Women,* Fonte: https://en.wikipedia.org/wiki/Marianne_von_Werefkin
[57] AGUSTONI, Prisca. *Inventario di voci/ Inventário de vozes.* Belo Horizonte, 2002, p. 28-29.

conflits dans la représentation de la femme noire et métisse dans la littérature latino-américaine 1920-1940".

Estimulada pelas investigações históricas e sociológicas, que diagnosticavam as restrições impostas às mulheres na sociedade europeia dos séculos XIX e XX, a poeta regressou ao Ticino para rever uma série de publicações que catalogavam as práticas religiosas de base popular no cantão. Além da influência do cristianismo católico, as pinturas dos ex-votos revelavam uma mescla de personagens (trabalhadores rurais, donas de casa, religiosos, jovens e crianças), que encenavam algum acontecimento da vida cotidiana (uma queda, um acidente na mina, um incêndio) como demonstra Piero Bianconi em seu livro *Ex-voto del Ticino*.[58] Nessas cenas, destacava-se o sofrimento (causado por algum acidente ou doença) a partir do qual os personagens humanos e celestes (anjos e santos) desempenhavam os seus papéis. Aos primeiros, cabiam as expressões de angústia, acentuadas pelas imprecações; aos segundos, a explicitação da bondade e a certeza de acolhimento das solicitações dos fiéis.

O que chamou a atenção da poeta nas cenas dos ex-votos foram as *performances* reservadas às mulheres, reiterando aquelas da vida social em curso. Embora consideradas como figuras importantes, em função da sua força materna, em geral, as mulheres eram retratadas de modo dramático, aprisionadas às funções dos sujeitos subalternos (donas de casa, ajudantes) e vitimadas pelas condições sociais precárias. Os títulos atribuídos às telas evidenciam essa condição: "Donna caduta dalla scala" (1842), "Donna caduta nel torrente" (s/d), "Donna caduta in montagna" (s/d), "Donna aggredita da un serpente" (1888). Mais do que títulos, são índices de uma rede de acidentes que afetavam as mulheres nos ambientes domésticos, nos caminhos de montanha permeados por rochedos, gramíneas e animais silvestres.[59]

A violência física contra as mulheres, inerente à aliança conservadora estabelecida entre o patriarcado e a burocracia da vida religiosa, também era representada nos ex-votos, a exemplo da tela intitulada "Agressione" (século XVII). Sobre uma nuvem, que divide a cena em duas partes, Maria com Jesus ao colo, e os santos Carlos e Margarida, com um olhar piedoso, observam um homem que "colpisce con la sciabola una donna

---

[58] BIANCONI, Piero. *Ex-voto del Ticino*. Locarno, 1980.

[59] *Idem*, p. 66-94.

in camicia, rovesciata per terra, sanguinante, assistito da un compagno che tiene in mano un piatto (?); a sinistra una donna affacciata addita con aria ambígua la tragica scena."[60] Em contraponto à perspectiva sacrificial do feminino, os ex-votos apresentavam as figuras masculinas sob uma ótica heroicizada, ainda que em situações de perigo, como se observa na descrição do quadro "Vita d'un uomo" (1835). Depois de sobreviver a uma queda do cavalo, ao risco de afogamento e à "avventura della campagna napoleonica di Russia", o homem retorna a casa ameaçado "di morire borghesemente in letto, con intorno la moglie, spaurita chioccia, e la pigolante nidiata dei pulcini."[61]

Por essa ocasião, Agustoni leu a obra *Cento piccole storie crudeli e Trentasei storie curiose*, de Corinna Bille (Lausanne, 1912 – Sierre, 1979), escritora suíça de língua francesa.[62] Nesse livro, os textos apresentados em prosa poética ou poesia em prosa constituem uma teia narrativa que desloca as figuras humanas e não humanas de seus papéis habituais. Os fatos reais e as fábulas, assim como as reações emocionais, são entrelaçados numa atmosfera surrealista, que evidencia a possibilidade de mudarmos o modo como lidamos com a realidade. A partir dessa escrita de deslocamentos (que estimula uma visão crítica do real) e da vigência da subalternidade feminina (que revela a desigualdade social entre os gêneros), Agustoni analisa as contradições que arranham a imagem daquela que é considerada uma das mais sólidas democracias modernas. Sua poética, portanto, começa a se formar no entrelugar das tensões estéticas e sociais e ampliará, no decorrer de seus deslocamentos linguísticos e geográficos, sua compreensão da poesia como uma linguagem paradoxalmente mais subjetiva quanto menos centrada na *persona* da própria autora.

O percurso teórico realizado durante o *Master in Genders of Studies* permitiu-lhe, segundo a autora, "formar mejor una conciencia histórica de las conquistas (sociales, civiles, simbólicas, literarias, eróticas, etc.) de los distintos géneros que componen nuestra sociedad."[63] e se desdobrou em ensaios, artigos e livros de prosa e poesia. Essas obras, que dialogam entre si e com outras fontes externas, revelam um acervo

---

60 *Ibidem*, p. 164-165.

61 *Ibidem*, p. 102-103.

62 BILLE, Corina. *Cento piccole storie crudeli e Trentasei storie curiose*. Bellinzona, 2001.

63 AGUSTONI, Prisca. "Un buen poeta es antes de cualquier cosa buen lector de poesía", In.: Vallejo & Co., Lima, 07 abril 2016.

de escritas no qual estão tensionadas as técnicas de investigação características das ciências sociais e a liberdade imaginativa característica da experiência poética. Um exemplo desse tensionamento se explicita no livro *Sorelle di fieno* (2002), que mantém uma estreita relação com os estudos sobre feminismo e pós-colonialismo realizados pela autora na Universidade de Genebra.

Das pesquisas sobre a condição de subalternidade vivenciada por jovens suíças da região do Ticino e enviadas para a região de língua alemã do país, a poeta extraiu elementos para a tessitura de uma poética na qual a voz lírica das internas traduz, simultaneamente, os dilemas de suas individualidades e a tragédia de um extrato social específico. Às informações acadêmicas sobre esse tema, Agustoni associou observações derivadas da leitura da obra *Rabbia di vento: un ritratto della Svizzera italiana attraverso scritti e testimonianze*, de autoria do poeta e prosador Alberto Nessi. Nascido em Mendrisio, no Ticino, em 1940, Nessi mantém um olhar atento à vida dos indivíduos menos favorecidos, habitantes de áreas rurais do cantão que se veem, de algum modo, pressionados pelo crescimento urbano. O uso de expressões regionais e dialetais evidenciam sua prática de pesquisador de questões referentes à realidade local. Por esse motivo, no livro *Rabbia di vento*, o autor dedicou um espaço importante à correspondência que as jovens enviadas à Suíça interna mantiveram com seus familiares.[64]

Ainda em relação ao vínculo entre criação poética e realidade social, é pertinente notar que *Sorelle di fieno*, de Agustoni, encontra um precedente na obra da poeta polonesa Anna Świrszczyńska (Varsóvia, 1909 – Cracóvia, 1984). Tendo sobrevivido à tragédia da Segunda Guerra, e sem olvidar os fantasmas desse período, Świrszczyńska traçou um caminho poético no qual a sua vida, no dizer de Giorgio Origlia, se desenvolveu "nella totale unità di persona e poesia."[65] Apesar desse profundo mergulho intimista, a poeta não deixou de abordar as arestas da realidade, razão pela qual em poemas como "Sorelle dal fondo" nos apresenta "una piccolla galleria di icastici schizzi di donne angariate nelle campagne o abbandonate in città, a cui, con poche cenni restituisce

---

[64] NESSI, Alberto. *Rabbia di vento: un ritratto della Svizzera italiana attraverso scritti e testimonianze*. Bellinzona,1986.

[65] ORIGLIA, Giorgio. "Anna Świrszczyńska: una vitta nel vento", In: *Poesia: Mensile Internazionale di cultura poetica*. Milano, Gennaio 2019, nº 344, p. 37.

dignità e bellezza."[66] O reconhecimento de uma fraternidade humana permite a Świrszczyńska e a Agustoni delinearem, em meio à teia de discursos históricos, conteúdos que são específicos da experiência das mulheres. Por um lado, essas vozes têm como espinha dorsal o sofrimento; por outro, demonstram a consciência de que se pode tecer um outro mundo – crítico em relação à violência social, e belo em relação à pluralidade de sentidos que o feminino propõe para a realidade. Eis o que apontam, respectivamente, Świrszczyńska e Agustoni, nos poemas "Sorelle dal fondo" e "cecità":

> Ho delle amiche sulle Planty,
> vecchie mendicanti, un po'matte.
> Nei loro occhi ci sono anelli
> da cui sono venute via pietre costose.
> Ci raccontiamo le nostre vite
> dal basso, dal fondo dell'umano.
> Sorelle dal fondo,
> parliamo correntemente la língua della sofferenza.
> Ci tocchiamo le mani,
> ci aiuta.
>
> Andandomene le bacio sulla guancia
> delicata come acqua.[67]
>
> *
>
> L'era delle caldarroste
> fa da calco al freddo
> nelle stanze senza incenso.
> Dopodomani si andrà
> a Einsideln per vedere
> la madonna nera.
> Poi pungeremo
> le ossa con l'assenza di Dio,
> disarmando
> l'arsenale dei pater noster.[68]

A crítica à subalternidade do feminino, historicamente atrelada à ascensão do patriarcado, foi retomada por Agustoni na suíte "Los

---

[66] *Idem*, p. 37.
[67] *Ibidem*, p. 41.
[68] AGUSTONI, Prisca. *Sorelle di fieno*. Belo Horizonte, 2002, p. 60.

doce equívocos", do livro *Días emigrantes*. A poeta traz à cena algumas das mulheres cujos papéis foram demarcados pelas narrativas da mitologia e pela releitura conservadora da lírica ocidental. Porém, desta vez, Andrómeda, Circe, Ariadna, Eurídice, Menta, Pitis, Artemisa, Minerva, Gea, Hécate, Nemesis e Vênus – representações de um feminino plural – falam de si e por si, superando as expectativas de suas *performances* consolidadas no imaginário social e, como modelo literário, nas descrições apresentadas por poetas de diferentes estilos. A fala de Menta, via Agustoni, explicita a subversão dessas expectativas:

> Manual de seducción
> (y de venganza):
>
> hacerse presente
> a través del sentido
> el más sutil
> y corromper
> hasta las últimas defensas.[69]

As práticas interdisciplinares de Agustoni incorporaram novos temas a partir de 2002, quando a autora mudou-se para o Brasil, fixando residência na cidade de Juiz de Fora. Aos contatos iniciais com os poetas remanescentes do *Grupo Alas/ revista d'lira* – que a autora traduziu para edições na Suíça e na Itália – foram acrescidos, gradativamente, nomes de outras regiões do país. Essa experiência viabilizou um intercâmbio que, no devido momento, indicará o quanto as partes envolvidas contribuíram para a tessitura de um território literário transnacional. Nesse espaço, as vozes poéticas atravessam os domínios linguísticos e temáticos, propiciam a publicação de livros e a realização de debates em diferentes países, apoiando-se nas redes sociais de comunicação, nos festivais e nos encontros literários. Além de participar desse circuito, Agustoni ampliou a vertente de autoras de origem suíça que se transferiram para as Américas, tal como Alfosina Storni, que nasceu em Sala Capriasca, Ticino, em 1892, emigrou com a família para a Argentina, em 1896 e faleceu em Mar del Plata, em 1938[70]; e Luisa Famos, que nasceu

---

[69] AGUSTONI, Prisca. *Días emigrantes y otros poemas*. Belo Horizonte, 2004, p. 98.
[70] Alfonsina Storni, poeta argentina, tem sido editada em traduções italianas, na Suíça,

em Ramosch, região da Baixa Engadina, em 1930, residiu entre 1969 e 1972 em Honduras e Venezuela, e faleceu em Ramosch, em 1974.[71]

Entre 2003 e 2007, Agustoni cursou Doutorado em Literaturas Comparadas de Língua Portuguesa no Programa de Pós-graduação em Letras e Linguística da Pontifícia Universidade Católica de Minas Gerais (PUC-MG) sob orientação da Professora Maria Nazareth Soares Fonseca, autora de diversas obras que analisam as literaturas africanas escritas em língua portuguesa[72]. A tese defendida por Agustoni, publicada em livro sob o título *O Atlântico em movimento*, analisou a permanência e as transformações de signos da diáspora africana em obras contemporâneas escritas em Língua Portuguesa.[73]

Ao analisar a poética do *performer* Ricardo Aleixo, Agustoni trabalhou também com a obra do artista plástico Jorge dos Anjos (Ouro Preto, 1957). Sobre este, afirmou o crítico Ângelo Oswaldo de Araújo Santos: "Ao cifrar um alfabeto novo, tão genuíno quanto ancestral, ele alcança fascinante originalidade a partir de referências a afrografias, palavra que tomo à escritora Leda Martins. [...]. O corte concretista incide sobre os afro-signos de modo a desbastar a forma, estimular a concisão e consagrar o menos sobre o mais."[74] Ao deslindar o diálogo estético entre Aleixo e Jorge dos Anjos, levou em conta o encontro semelhante ocorrido entre a poesia de Aimé Césaire e a pintura de Wilfredo Lam. No caso dos brasileiros e dos caribenhos, o diálogo estético se estende para o âmbito social, na medida em que consiste numa resposta às arbitrariedades históricas cometidas contra as populações afrodiaspóricas. A eficácia dessa resposta

---

a exemplo da coletânea *Poemas de amor*, Bellinzona, 1988, reimpressa em 2018, com prefácio de Beatriz Sarlo.

[71] Ver FAMOS, Luisa. *Tutto si rinnova*. Bellinzona, 2012. Essa coletânea escrita em *vallader* – uma das vertentes do Romanche falado na região da Baixa Engadina, na Suíça – foi traduzida para o italiano por Marisa Keller-Ottaviano.

[72] Ver FONSECA, Maria Nazareth S.. *Literaturas africanas de língua portuguesa*. Belo Horizonte, 2008.

[73] AGUSTONI, Prisca. *O Atlântico em movimento*. Belo Horizonte, 2013. Dentre as autorias analisadas por Agustoni em sua tese estão os angolanos Ruy Duarte da Costa e Paula Tavares, e os brasileiros Ricardo Aleixo e Edimilson de Almeida Pereira. Publicou, em 2004, o artigo "Paula Tavares: ex-votos". In.: *Scripta* (PUC-MG), Belo Horizonte, v. 7, n.15; e, em 2007, "A circularidade inacabada de Paula Tavares". *Cadernos Cespuc de Pesquisa*. Belo Horizonte, v. 16, p. 73-96.

74 SANTOS, Ângelo Oswaldo de Araújo. Texto de apresentação à obra de Jorge dos Anjos disponível no site da AM Galeria de Arte, Belo Horizonte, MG: http://amgaleria.com.br/acervo/jorge-dos-anjos

se alicerça na excelência da obra articulada por esses artistas, uma vez que alteram a conformação da realidade, inserindo-lhe novos signos e formas, bem como incitando os interlocutores a experimentarem ângulos, até então não considerados, de percepção dessa mesma realidade.

A análise das relações entre poesia e pintura, construída como um eixo crítico, se desdobra também como um eixo criativo na poética de Agustoni. Um dos aspectos evidentes nesse procedimento, é a compreensão de que a poesia e a pintura mais dialogam quando mais nos permitem apreender as suas faces autônomas. O diálogo entre elas, mediante as condições indicadas, nos leva até um ponto de passagem onde os sentidos imprevisíveis se exprimem, alterando a consciência que temos de nós mesmos. Nessa passagem, o sujeito envolto pela palavra e pela imagem depara-se com a possibilidade de ser mais do que um, ao mesmo tempo. Essa sensação pode ser observada nas colaborações entre Agustoni e os fotógrafos Piero D'Agostino (Itália) no livro *A neve ilícita* (2006) e Wir Caetano (Minas Gerais, Brasil) no livro *Animal extremo* (2017). Essa perspectiva se desdobrou nos livros *Le déni* (2012), *Un ciel provisoire* (2015), *Mundo mutilado* (2020) e *O gosto amargo dos metais* (2022) nos quais a autora estabeleceu um intercâmbio de signos com os artistas plásticos Mauro Valsangiacomo[75], Davide Giovanzana, Anna Allenbach e Ariane Blanc Quenon, respectivamente.[76]

O diálogo entre poesia e pintura sustentado pela interpendência – que garante a autonomia de ambas, mas sugere algum ponto de intersecção de seus significados – se espraia por outros livros de Agustoni. A reiteração desse fato constitui o que podemos chamar, estilisticamente, de uma

[75] Em setembro de 2008, Agustoni coordenou a exposição "Jandira, o começo do mundo", de Mauro Valsangiacomo, no Museu de Arte Moderna Murilo Mendes (UFJF), em Juiz de Fora, MG. O artista plástico apresentou um conjunto de obras criadas a partir do poema "Jandira", de Murilo Mendes, incluída no livro *O Visionário*, de 1941. Agustoni, mantendo sua ligação com as artes plásticas, escreveu o texto para o catálogo da exposição "La scorza dei giorni", de Franco Ghielmetti, realizada no Palazzo Comunale di Bioggio, Ticino, no período de 01 de fevereiro a 18 de março de 2019.

[76] Dentre os espetáculos criados e dirigidos por Giovanzana destacam-se *Disappearing Future: Perfect Bodies, Strange Death and Archeologists of the Future* (2018) e *Body as a Conflict Zone* (2016). *Sobre os demais trabalhos do artista (ver:* http://davidegiovanzana.ch). Anna Allenbach reside em Mendrisio, Ticino. Além de artista plástica é tradutora. Verteu para o italiano autores como Peter Bichsel, Anna Kim, Elisabeth Bronfen, Ludwig Hohl, Levin Westermann e Noëmi Lerch. Ariane Blanc Quenon, de origem belga, nasceu em Kinshasa (República Democrática do Congo) e se instalou em Baulmes, na Suíça.

poética da visualidade. Através dela, a palavra que evoca cores e constrói cenários, se desenha também como imagem. Tem-se como exemplo o fragmento a seguir, cujo verbo em vias de ser pintura é confrontado com a pintura em vias de ser verbo, nas páginas do livro *Un ciel provisoire*:

> j'arrache le bleu de ton ciel
> le toit fleuri de ta bouche
> avec autant de mots dans les mots
> avec autant de couleurs dans tes tableaux
> lorsque tu peins les bords de la beauté
> je brode plusieurs points dans mon passé[77]

Davide Giovanzana, s/título, 2015

---

[77] AGUSTONI, Prisca. *Un ciel provisoire*. Genéve, 2015, p. 30.

Franco Ghielmetti, *Bird Standard Time*, 2010

Em 2008, através de concurso público, Agustoni ingressou como docente no Departamento de Línguas Estrangeiras Modernas da Universidade Federal de Juiz de Fora. Desde então, tem realizado pesquisas acadêmicas, realçando a perspectiva comparativista na abordagem dos fenômenos literários. Seus inúmeros artigos, palestras e cursos relacionados à graduação e à pós-graduação revelam um perfil de caráter multidisciplinar e multicultural, em acordo com as etapas iniciais de sua formação na Universidade de Genebra. Em 2011, Agustoni concluiu o pós-doutorado na área de Literatura Comparada sob a orientação de Sandra Regina Goulart Almeida, docente da Faculdade de Letras da Universidade Federal de Minas Gerais (UFMG). Em julho de 2019 a poeta concluiu uma segunda pesquisa de pós-doutorado na Università della Svizzera Italiana (USI). Sob a orientação do poeta e crítico Fabio Pusterla, realizou um estudo sobre as relações entre as poéticas contemporâneas em língua italiana e as mudanças geográficas e sociais ocorridas no território situado na fronteira alpina da Suíça com a Itália.

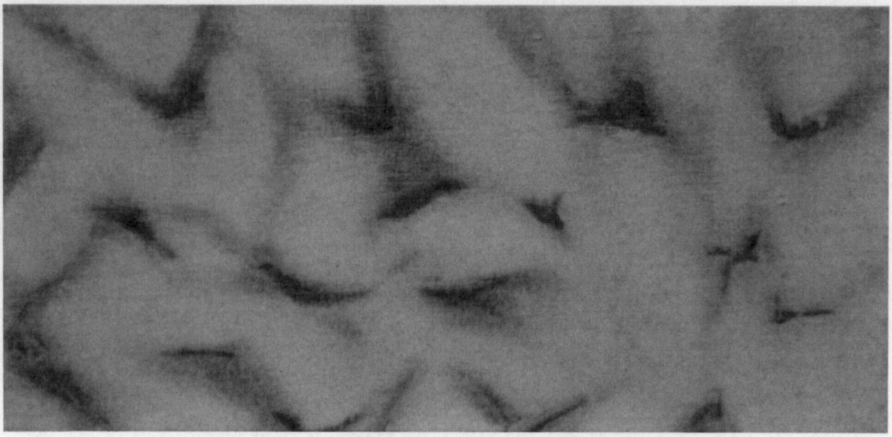

Anna Allenbach, *Storn*, 2019

Ariane Blanc Quenon, *Nervuras*, s.d.

Agustoni leciona Língua Italiana e Literatura Comparada na graduação e disciplinas teóricas no Programa de Pós-graduação em Estudos Literários da Faculdade de Letras da Universidade Federal de Juiz de Fora (UFJF). Uma de suas linhas de investigação refere-se aos estudos comparados de Literatura Suíça, tendo como objetivo, dentre outros, o mapeamento de "um panorama conjunto e complexo da construção do conceito de 'literatura suíça'" e análise das "especificidades de cada área linguística [a de língua francesa, a de língua alemã, a de língua italiana e a de língua romantsch] e sua estreita e variada relação com o território e com a tradição e o cânone de referência."[78]

Paralelamente às atividades acadêmicas, Agustoni se dedica à tradução, à escrita de ensaios e de literatura infantojuvenil. Como tradutora, ocupou-se da poesia de autores brasileiros vertendo-os para o italiano[79]; de angolanos, vertendo-a para o italiano[80]; de suíços e italianos, vertendo-os para o português[81]. Organizou e apresentou antologias de poetas brasileiros na Suíça[82] e em Portugal[83]; em 2017, traduziu e apresentou em português a poesia de Fabio Pusterla[84]. Como ensaísta publicou análises sobre gênero e identidade na diáspora africana (particularmente, no Brasil e no Caribe), e sobre as obras de Alejandra Pizarnik, Ruan Rulfo, Jenaro Talens, Anabel Torres, Lourdes Vásquez, Murilo Mendes, Clarice Lispector, Heleno Oliveira, Eustáquio Gorgone

---

[78] Disponível em: http://buscatextual.cnpq.br/buscatextual/visualizacv.do?id=K4734642J3 Plataforma Lattes – atividades acadêmicas.

[79] AGUSTONI, Prisca (org.). "Poesia brasilana contemporanea: i poeti dell'Abre Alas di Minas Gerais –1980-2000". In: *Semicerchio: rivista di poesia comparata*. Firenze, 2002, p. 72-83; AGUSTONI, Prisca (org.). "Poesie". In: *Ricerca Research Recherche*. Lecce, 2002, p. 405-411; AGUSTONI, Prisca (org.) *L'albero dei nomi*, de Edimilson de Almeida Pereira, Turim, 2009.

[80] AGUSTONI, Prisca (org. e trad.) *Cerimonia di passaggio*. Antologia poetica di Paula Tavares. Napoli, 2006.

[81] AGUSTONI, Prisca (org.). *Poesia italiana contemporânea: cinco poetas*: Massimo Scrignoli, Antonio Rossi, Andrea Trombin Valente, Stefano Raimondi, Giovanni Orelli. In: *Jandira*. Juiz de Fora, 2004; AGUSTONI, Prisca (org.). Elisa Biagini. *A poesia italiana do corpo e dos objetos vivos*. In: *Suplemento Literário de Minas Gerais*. Belo Horizonte, 2004. AGUSTONI, Prisca (org.). *Transparências*/ Julien Burri. Belo Horizonte, 2011.

[82] AGUSTONI, Prisca (org.). *Il corpo dissonante: cinque poeti brasiliani contemporanei*. Lugano, 2007.

[83] AGUSTONI, Prisca (org.). *Oiro de Minas: a nova poesia das Gerais*. Lisboa, 2007.

[84] AGUSTONI, Prisca (org. e trad.) *Argéman – antologia poética de Fábio Pusterla*. Juiz de Fora, 2018.

de Oliveira, Ricardo Aleixo, Bernardo Carvalho, Ronald Augusto, Edimilson de Almeida Pereira, Vittorio Sereni, Giorgio Caproni, Pierre Lepori, Elisa Biagini, David Mestre, Orlanda Amarílis, Paula Tavares, Paul Celan, Marina Cvétaieva e Sylvia Plath.[85]

Desde 2009, Agustoni integra a *Compagnia delle Poete*, de Roma. O grupo de teatro itinerante é constituído por mulheres imigrantes que, na Itália, escrevem poesia em italiano e em suas respectivas línguas maternas[86]. Participa do Comitê Científico da *Rivista di Poesia Comparata* da Universidade de Siena e é membro do Conselho Científico de Chiasso Letteraria – Festival Internazionale di Letteratura (Suíça), atuando como curadora das áreas de Literaturas Latinoamericana e Literaturas Africanas. Convidada para festivais literários realizados, recentemente, em vários países, Prisca Agustoni vê, paralelamente, sua obra poética – escrita em italiano, português, francês e espanhol – divulgada através de revistas impressas e eletrônicas no Brasil, Suíça, Itália, Estados Unidos, Portugal, França, Argentina, México, Croácia, Peru e Suécia.

Até o momento, sua obra compõe-se das seguintes publicações: *Inventario di voci/ Inventário de vozes* (2001, italiano/português), *Sorelle di fieno/ Irmãs de feno* (2002, italiano/ português), *Días emigrantes y otros poemas* (2004, espanhol), *La morsa* (2007, italiano), *A recusa* (2009, português), *Casa delle ossa* (2010, italiano), *Le déni* (2012, francês), *Poesia scelta. 2000-2012* (2013, italiano), *Un ciel provisoire* (2015, francês), *Diario di bordo* (2015, italiano), *Hora zero* (2016, português), *Casa dos ossos* (2017, português), *Animal extremo* (2017, português), *O mundo mutilado* (2020, português), *L'ora zero* (2020, italiano), *Lingua sommersa* (2021, plaquete/ italiano), *O gosto amargo dos metais* (2022, português, Prêmio Nacional de Literatura Cidade de Belo Horizonte, 2020), *Verso la ruggine* (2022, italiano), *Entre o que brilha e o que arde* (2022, português), *Rastros* (2022, plaquete/português) e *Pólvora* (2023, português). Publicou também os livros de contos *A neve ilícita (*2007, português) e *Cosa resta del bianco* (2014, italiano), e os de literatura

---

[85] Cf. http://buscatextual.cnpq.br/buscatextual/visualizacv.do?id=K4734642J3 Plataforma Lattes para visualizar os ensaios publicados por Agustoni.

[86] Ver www.compagniadellepoete.com Criada pela poeta ítalo-francesa Mia Lecomte, em 2009, a Companhia é constituída por poetas "estrangeiras e ítalo-estrangeiras", dentre as quais se destacam: Prisca Agustoni, Cristina Ali Farah, Anna Belozorovitch, Livia Bazu, Laure Cambau, Adriana Langtry, Mia Lecomte, Sarah Zuhra Lukanic, Vera Lucia de Oliveira, Helene Paraskeva, Brenda Porster, Begonya Pozo, Barbara Pumhösel, Melita Richter, Francisca Paz Rojas, Candelaria Romero, Barbara Serdakowski, Jacqueline Spaccini e Eva Taylor.

infantojuvenil *Coleção Bilbeli* (2002), *A menina do guarda-chuva invisível* (2002), *Histórias de Longeperto* (2004), *O colecionador de pedras* (2007), *O mundo começa na cabeça* (2010). Em 2023, Agustoni recebeu o Premio Svizzero di Letteratura pela edição de *Verso la ruggine*.

As contingências da vida pessoal e profissional da autora oferecem informações que nos ajudam a estabelecer, em certa medida, uma cartografia do seu percurso literário. Um dado a ser levado em conta é a sua capacidade – forjada, muitas vezes, pela necessidade de sobrevivência – de absorver e transformar as diferentes experiências culturais e estéticas com as quais entra em contato. Há duas décadas transitando entre dois continentes, há que se considerar o seu empenho para atribuir sentido a experiências que evidenciam os contrastes entre a Suíça, um país política e economicamente estável, e o Brasil, fustigado em sua história recente por uma grave crise política, econômica e social.[87] Paralelamente, esse esforço se traduziu na descoberta de relações humanas que ampliam e aprofundam a visão de mundo da autora, com consequente reflexo em suas proposições literárias. [88]

Em relação a esse ponto, pode-se dizer que o trânsito entre sociedades permitiu a Agustoni fazer de sua escrita uma espécie de sonar. Ou seja, mais do que mapear perspectivas diferentes de expressão cultural, sua poética é lançada ao fundo dos ambientes sociais para, no retorno, oferecer à autora um manancial de experiências. A despeito de suas particularidades, tais experiências históricas evidenciam o empenho do ser humano para realizar-se como humano em condições, às vezes, as mais adversas. Através da escrita, Agustoni mergulha em vários sistemas culturais, simultaneamente: enquanto recebe os dados de sua região de origem (o Ticino, em particular, e a Europa, em linhas gerais), ressignifica os dados advindos das realidades

---

[87] Embora não seja tema deste ensaio, é oportuno sinalizar que o Golpe político-midiático-jurídico-parlamentar de 2016, que destituiu a presidenta eleita Dilma Rousseff, afetou a vida dos defensores da democracia no Brasil. A autora de *Inventario di voci* não passou incólume por esse fato, que desencadeou no país num período de instabilidade política, de aumento das desigualdades sociais, de eclosão dos discursos misóginos, racistas, transfóbicos e de ataque às políticas de preservação do meio ambiente. Será interessante analisar, em outras circunstâncias, os reflexos desse período na dicção poética de Agustoni e de outras poetas brasileiras contemporâneas.

[88] Um exemplo da inserção social de Agustoni no Brasil foi sua aproximação às comunidades afrodescendentes, em situações de luta pelos seus direitos. Ver o artigo de sua autoria intitulado "Las señoras de la casa y del cielo: la mujer y lo sagrado en la cultura popular brasileña". In: LIENHARD, Martin. (org.). *Ritualidades latinoamericanas: un acercamiento interdisciplinario*. Madrid, v. 1, p. 195-212, 2003.

brasileira e latinoamericana, levando em conta a partilha dessa experiência com vários interlocutores nos ambientes públicos e privados.

A essa experiência pessoal, Agustoni acrescenta fatos e valores coletivos que reconhece pela sua condição de sujeito histórico. Não há, pois, como não considerar a interferência da sociedade do capital e da ascensão do individualismo em sua consciência crítica e em sua percepção do trabalho com a escrita. A partir do final do século XIX, tendo a Europa como epicentro, as condições de existência do sujeito moderno se viram confrontadas com a sensação de se viver num mundo em estado de crise. Se alguns indivíduos pressentiam a iminência dessa sensação e vislumbravam, com receio, a desestruturação da sociedade, outros, no entanto, não se davam conta do seu lugar nessa nova ordem que acentuava a exclusão social dos menos favorecidos. Em relação às tensões decorrentes desse processo, o discurso proferido por Karl Marx, em Londres, em 1856, soou como um alerta quando, a certa altura, indagou: "a atmosfera sob a qual vivemos pesa várias toneladas sobre cada um de nós – mas vocês o sentem"[89]

Das tensões sociais que fomentaram o final do século XIX, algumas ressurgem, com as devidas atualizações, no final do século XX e início do XXI: a desvalorização dos trabalhadores, a indiferença do capital especulativo, a ameaça à democracia e a repulsa aos imigrantes trincam a superfície de uma ordem social aparentemente equilibrada, que cultiva o lazer, o consumo, o conforto privado, bem como um tipo de paz garantida pelas empresas de vigilância particular. Essas trincas se alargam a ponto de interferirem nas expressões simbólicas dos indivíduos. Seria difícil, na contemporaneidade, não vincular a noção de felicidade à posse de algum objeto, periódica e exaustivamente exaltado pelas campanhas de *marketing*: os automóveis e os eletrodomésticos são dois exemplos dessa materialidade frugal que ajuda o consumidor a decodificar, nos labirintos de sua subjetividade, o correspondente abstrato que se pode chamar de felicidade.

Contudo, tornou-se inevitável para o sujeito crítico não aderir ao sentimento de que o mundo ainda se dissolve, apesar da aparente fixação dos bens materiais na vida cotidiana. A consciência dessa realidade insuflou a percepção do mal-estar e da crise como elementos constitutivos das novas formas de relações interpessoais e coletivas. Esse sujeito em crise se revelou em poéticas perturbadoras, que vão de Baudelaire a Rimbaud, passando pela psicanálise de Freud e pelos registros fragmentários

---

[89] BERMAN, Marshall. *Tudo que é sólido dissolve no ar*. São Paulo, 1986, p. 19.

da pintura impressionista. De maneira particular, a virada do século XIX e o decorrer do século XX viram emergir expressões poéticas que recortaram na atmosfera geral do mal-estar e da crise um traçado feito pelas mãos e modos de pensar de mulheres. A espessura desse percurso na lírica ocidental vem sendo marcada por poetas como Anna Akhamátova, Marina Cvétaieva, Sylvia Plath, Alejandra Pizarnik, Sharon Olds e Eva Taylor que detectaram com visão crítica os pontos de estrangulamento da liberdade feminina nas sociedades modernas.

Agustoni reconhece nessas poéticas alguns aspectos que tangenciam o seu trabalho. Como veremos adiante, dentre esses aspectos, a poeta destaca a necessidade de se apreender a escrita como um ato multicultural, o qual nos permite abordar a fragmentação do sujeito para além de suas implicações psicológicas. Ou seja, Agustoni opta por uma poética do pensar que, sob a forma do discurso lírico, disseca os dilemas individuais sem desconsiderar o seu pertencimento aos enredos da sociedade abrangente. Além disso, interessa-lhe analisar as maneiras como o discurso poético se interpõe entre a realidade do indivíduo e a realidade social, gerando um domínio específico de linguagem no qual sobressai a relativa autonomia do fazer poético.

Para a autora de *Dias emigrantes* o evento social nem sempre se impõe como a face derradeira do poético, determinando a construção do texto como uma enumeração e/ou descrição do real. Se é fato que o poético se desnuda como um ato, e isso pode aproximá-lo das causas políticas e sociais, é fato também que ele se explicita numa poética em que a autora exercita, por exemplo, a despersonalização do sujeito ("dans l'impossibilité de prononcer ton nom")[90] e a proposição de significados que reconfiguram os eventos reconhecíveis, a ponto de torná-los novos e/ou estranhos à percepção dos leitores. As sequências líricas oscilam, portanto, entre o reconhecimento e o estranhamento desse universo, como evidencia a sequência em que a voz poética se refere ao "vento que mastiga" suas unhas".[91] Sob esse ponto de vista, Agustoni se insere na linhagem dos poetas críticos, que, além de gestarem o discurso poético se acercam dele para entenderem os seus modos de articulação, suas inter-relações com outros sistemas culturais, etc.

---

[90] AGUSTONI, Prisca. *Le déni.* Genève, 2012, p. 11.

[91] AGUSTONI, Prisca. *A recusa.* Lisboa, 2009, p.25. Na autotradução em francês o verso tem a seguinte forma: "la bise qui mâche mes ongles" (*Le déni*, 2012, p. 30).

Ao eleger a reflexão como uma das marcas de sua poética, Agustoni sugere que em seu espaço de diálogo cabem nomes como as prosadoras Agotha Kristof e Mariela Mehr, as filósofas Etty Hileysun, Simone de Beauvoir, Maria Zambrano e as autorias masculinas como Eugênio Montale, Paul Celan, Carlos Drummond de Andrade e Seamus Heaney. Em todas essas autorias Agustoni identifica uma disposição – que também é a sua – para pensar de maneira cética, mas amorosa, sobre a nebulosa histórico-social em que nos movemos do final do século XIX até os dias de hoje. Por isso, além do registro dos poemas em vários idiomas, sua obra resulta de um esforço para superar a teoria dos amálgamas culturais a fim de demonstrar que a dispersão também pode se constituir como um eixo de articulação das culturas, em geral, e do fenômeno poético, em particular. Além disso, Agustoni constata que as relações entre vivências, objetos e pensamentos dispersos são sustentadas por um tensionamento constante, que situa o sujeito entre um "enfer provisoire" e um "ciel provisoire".[92]

A expressão "a morsa", que dá título a uma das coletâneas de Agustoni, equivale a esse processo de tensionamento. Assim como a ferramenta, que prende e aperta uma outra peça, imobilizando-a, "a morsa" poética e existencial se caracteriza por ser um instante-limite no qual se impõem a opressão, o sufoco e o aniquilamento do diálogo. Por mais difícil que seja, a poeta desenvolve sua prática criativa nesse instante-limite e, ao fazê-lo, subverte a "morsa" para explicitar novos horizontes cognitivos, que viabilizam a reinvenção dos sentidos para as vivências do sujeito. Veja-se o poema "Reféns":

> Na morsa
> onde ninguém me procurava
> fiei as vértebras.
>
> Desde então levo comigo
> esses ossos
> no encavo do verbo,
> e assim fazendo
> desprega-se a voz
> como planisfério aberto.[93]

---

[92] Ver, respectivamente, *Le déni*, 2012, p. 43 e *Un ciel provisoire*, 2015, p. 10.

[93] AGUSTONI, Prisca. *A morsa*. Belo Horizonte, 2010, p. 20. Ver a versão italiana "Ostaggi", em *La morsa*. Lugano, 2009, p. 11.

O fato de a dispersão e o tensionamento não se esgotarem no jogo de antagonismos propicia a emergência de uma poética do devir. Ou seja, do embate entre aquelas forças – que designamos como o instante-limite ou a morsa – resulta uma poética em que os sentidos não se projetam de maneira definitiva mas, ao contrário, se constituem como fenômenos que se fazem/ desfazem/ refazem a partir da interação com diferentes interlocuções.

A dispersão, por um lado, deriva do campo linguístico da obra tecida em diferentes idiomas. Isso implica dizer que a mesma não faz parte exclusivamente desse ou daquele sistema literário apresentado como Literatura Suíça, Literatura Brasileira, Literatura Francesa e/ou Literatura Hispanoamericana. O tensionamento, por outro lado, decorre das recepções dessa poética em diferentes circunstâncias geográficas e culturais. Para acessá-la em sua totalidade, exige-se um interlocutor plurilíngue, que esteja disposto a atravessar de um campo linguístico a outro e, mais do que isso, a dialogar com as *personae* que a poeta assume nos diversos momentos da escrita. Esse desafio aumenta para o interlocutor que não é plurilíngue. Ao mesmo tempo em que ele reconhece as estruturas dessa poética, e se sente apto a dialogar com ela, percebe que alguns dos seus aspectos lhe escapam. À medida que essa percepção se acentua, o interlocutor se vê diante de uma poética estrangeira, embora nascida de elementos que ele reconhece.

A complexidade dessa poética e sua aversão à decifração imediata procede do fluxo que se instaura entre a evidência e a opacidade de seus enunciados. Não se trata, vale frisar, de uma vertente poética que recusa a companhia dos interlocutores. Ao contrário, por ser fruto de um período marcado por tensões, ainda não solucionadas, ela contém em si alguns dos traços que Hugo Friedrich identificou como característicos da lírica europeia moderna, a saber, o hermetismo, a fragmentação e a dissonância. Ainda segundo o autor, diante dessa poética o interlocutor percebe que sua "obscuridade o fascina, na mesma medida em que o desconcerta.[94] Associar a poética de Agustoni a essas características não significa restringi-la, mas demonstrar que ela se instaura como um devir. Ou seja, como um processo em *mise en abyme*, que preenche nossas mãos com algum sentido – sustentado pela "junção de incompreensibilidade e de fascinação"[95] –, ao mesmo tempo em que indica a possibilidade de sua dispersão.

---

[94] FRIEDRICH, Hugo. *Estrutura da lírica moderna*. São Paulo, 1991, p. 15.
[95] *Idem*, p. 15.

A Dispersão Como um Eixo Poético

Uma aproximação à obra de Agustoni demanda desprendimento (para abrirmos mão de nossas convicções e nos arriscarmos num território aparentemente identificado) e sagacidade (para transfigurarmos a fragmentação de seus referenciais em índices de um território a ser inaugurado). Os elementos habituais que aparecem em seus poemas não se restringem à nossa percepção visual mas apelam, sobretudo, para a nossa capacidade de elaborar sentidos para eles e de refletir acerca de sua relevância, ou não, para o mundo em que vivemos. Embora o aspecto visual (fanopeia) seja um dos elementos estruturantes da poética de Agustoni, como frisamos, é no processo de interpretação que descobrimos a sua carga intelectual e reflexiva (logopeia).

Um elemento como a cidade, cuja presença constante nas retinas do sujeito moderno resulta num desgaste natural, é retomado por Agustoni em vários de seus poemas. Ao investir nessa imagem, a poeta não recusa a sua ruína, antes a reitera ("A cidade opaca espia o corpo") para apontar aquilo que de fato lhe interessa, ou seja, a articulação de um pensamento sobre as formas, os objetos e os sujeitos que forjam e dissolvem a cidade. Na sequência do poema mencionado, observa-se a marcação dos limites entre uma imagem de dentro e outra de fora. A partir da relação entre essas imagens, respectivamente, íntima e pública, essa poética nos revela sua inflexão à ordem do pensamento: "Pouco além da porta / rastejam os verbos/ entre a língua e o hímen" [96] Essa cidade e outros recursos da imagem não são expostos para serem apreendidos apenas em sua materialidade imediata, como se pudéssemos chegar, através deles, àquelas imagens primordiais analisadas por Gaston Bachelard em sua *Poética do espaço*. Na poética de Agustoni, percebe-se a ultrapassagem dessa etapa de identificação para outra de configuração, em linguagem, das práticas de reflexão e de análise que percebem na instabilidade e na mutação alguns dos traços estruturantes da experiência contemporânea. Para tanto, adverte a poeta, no poema "Traição", termo que se relaciona, não por acaso, às tensões que perpassam as práticas da tradução:

> uso uma língua
> de respiração incerta,

[96] AGUSTONI, Prisca. *Casa dos ossos*. Juiz de Fora, 2017, p.22.

pois não percorre
nem a medula
nem a torção
do verbo[97]

A conhecida afirmação de Fernando Pessoa – "Minha pátria é a língua portuguesa."[98] – vem a ser um mote instigante para pensarmos as relações entre a vida e a obra da poeta, prosadora e ensaísta suíça. O seu exercício de escrita, tradução e análise do discurso poético – realizado em italiano, português, francês, espanhol, inglês, alemão, incluindo o patuá, dialeto falado no ambiente familiar – nos permite dizer, de modo suplementar à retórica de Pessoa, que para a autora a sua pátria são as suas línguas. Não explicitamente as línguas nacionais mencionadas mas, se é válido dizer, um contexto de línguas literariamente articuladas através de recursos estéticos e estilísticos. Seria possível falar-se, nesse caso, de línguas literárias que, nascidas de territórios demarcados como nação ou pátria, são reconfiguradas pela poeta como linguagens além-fronteiras. A noção de pátria para Agustoni não se refere à definição convencional desse termo, antes afasta-se dele, configurando-se como clareiras conceituais, mediante a interpretação estética que a poeta realiza dos territórios geográficos. Em vista disso, a linguagem e as línguas se integram a uma poética desenhada num cenário sem fronteiras e revelador, sobretudo, de uma consciência poética que se expressa em fluxos contínuos, afeitos à mudança das formas e dos conteúdos. O país de origem da autora pode ser considerado como um trampolim para esse fluxo pois, como salienta Tania Collani, pesquisadora da Université de Haute-Alsace (França), a poética de Agustoni deriva de uma Suíça que

> sfugge per molteplici aspetti allo stereotipo dei pascoli incontaminati, del cioccolato di qualità e degli orologi di precisione: c'è un po' di tutto – dai poeti dialettali Elio Scamara e Fernando Grignola agli scrittori giramondo come Nicolas Bouvier e Ella Maillart; da Agota Kristof fuggita dalla Rivoluzione ungherese del 1956 a Vahé

---

[97] AGUSTONI, Prisca. *A morsa*. Belo Horizonte, 2010, p. 30. Ver a autotradução do poema na edição em italiano *La morsa*. Lugano, 2007, p. 18.

[98] Ver SARAIVA, Arnaldo. "Minha pátria é a língua portuguesa". In.: *periódicos.ufpb*. vol. 15, ano 34, n°1 , p. 15-22, 2010. Nesse artigo, o autor analisa o contexto e as variadas interpretações dessa frase de Fernando Pessoa incluída no *Livro do Desassossego*, do heterônimo Bernardo do Soares.

Godel che continua a perorare la causa armena o Dubravko Pusek che, nonostante il suo nome croato, scrive principalmente in italiano e traduce dal francese all'italiano un poeta romando folgorante come Francis Giauque; senza dimenticare i casi letterari conosciuti mondialmente: Max Frisch, Friedrich Dürrenmatt e il giovane Joël Dicker. Tutti questi scrittori hanno vissuto nella realtà svizzera e si sono già confrontati all'esperienza del passaggio di frontiera talvolta quotidiano, del plurilinguismo, del non essere canonico. E questo è un bagaglio di esperienza che non tutti hanno. Bisogna pensare a Prisca Agustoni come erede di questo bagaglio elvetico, innanzitutto.[99]

Considerar Agustoni como herdeira de uma historiografia literária helvética não significa restringi-la ao circuito de uma literatura nacional, quando percebemos a pluralidade dessa historiografia como um dos fatores responsáveis pela tessitura de sua poética inclinada para os trânsitos interculturais. Em outras palavras, sua trajetória relativiza a noção de sistemas literários fechados sem, contudo, desconhecer o que há de específico em determinados circuitos. A convivência com as línguas, num exercício de idas e vindas entre sistemas culturais diferentes, reitera o seu pertencimento a uma herança helvética de "passaggio di frontiera" e, ao mesmo tempo, a consolida como uma voz que interfere nos rumos dessa herança.

Isso significa dizer que as tramas inerentes aos circuitos literários em línguas portuguesa e espanhola, vivenciadas por Agustoni, representam um diferencial, quando confrontadas com a Literatura Suíça, em suas linhas gerais. Questões como o embate entre o colonialismo e o pós-colonialismo, o lirismo engajado das poéticas femininas, as tensões decorrentes do sistema escravista, do racismo estrutural e da violência no campo perpassam sua obra e decorrem do seu longo *soggiorno* latinoamericano. Em vista disso, ler a sua poética implica em analisar de que modo ela se relaciona com a história da poesia escrita na Suíça: por um lado, acentuando a particularidade de sua voz e, por outro, inserindo ritos e ritmos, formas e temas que absorvidos, com maior ou menor evidência, alteram a configuração do acervo lírico helvético.[100]

---

[99] COLLANI, Tania. "Prisca Agustoni: poetessa cosmopolita". In: P. VALESIO, M. Nere (a cura di). *Writers between worlds*. Firenze, 2019.

[100] Seguindo a tradição de autores estrangeiros radicados na Suíça que escrevem numa das línguas nacionais, citamos recentemente aqueles que abordam temas similares aos da poética de Agustoni. Identificados com aquela que se convencionou chamar de "a quinta

O poeta Fábio Pusterla acentua que, ao escrever, escrevemos com uma língua que não nos pertence, uma vez que foi utilizada anteriormente por outros sujeitos.[101] Subjaz a esse pensamento o fato de o poeta contemporâneo escrever a partir de traços de linguagem trabalhados por outras autorias, em particular aquelas que configuram um cânone literário reconhecido. Indo na direção do que sugere Pusterla, subentende-se que a linguagem não perde a sua competência para exprimir o *logos* e o *pathos* e que, em certa medida, os contemporâneos escrevem sobre os traços que poetas como o Dante da *Divina comédia* ou o Camões *d'Os Lusíadas* vincaram com tal intensidade que vieram a se constituir como uma tradição histórica, social e literária.

Essa proposição, compreendida como um aspecto inerente ao fazer poético, demonstra a relevância do diálogo que os poetas estabelecem entre si, ao longo do tempo, em diferentes contextos histórico-sociais. A respeito desse assunto, é sempre válido considerar o ensaio "Tradição e talento individual" de T. S. Eliot[102], abordado em detalhes num dos capítulos do livro *Entre Orfe(x)u e Exunouveau.*[103] Prisca Agustoni, à maneira de seus contemporâneos, tem dialogado com a questão das influências por força das circunstâncias históricas. Afinal, trata-se de um sujeito criador que participa dos processos de mudança e de manutenção de valores sociais, políticos e estéticos e – em face deles – a poeta tem se ocupado não só em receber os significados previamente estabelecidos, mas também em articular fluxos de significação para eventos novos ou já consagrados no meio literário. O domínio de vários idiomas tem permitido à autora analisar os processos de recusa e/ou de aceitação das influências em campos literários específicos, de maneira mais visível naqueles das áreas linguísticas

---

literatura suíça", destacam-se dentre outros nomes como o do camaronês Max Lobe (*La Trinité bantoue*. Genève: éditions Zoé, 2014; *Confidences*. Genève: éditions Zoé, 2016; *Loin de Douala*. Genève: éditions Zoé, 2018; *La Promesse de sa Phall'Excellence*. Genève: éditions Zoé, 2021); da franco-coreana Elisa Shua Dusapin (*Hiver à Sokcho*. Genéve: éditions Zoé, 2016; *Les Billes du Pachinko*. Genève: éditions Zoé, 2018); e da russa Marina Skalova (*Atemnot / Souffle court*. Chambon-sur-Lignon: Cheyne éditeur, 2016; *Amarres*. Lausanne: L'Âge d'Homme, 2017); *Exploration du flux*. Paris: Seuil, 2018; *La chute des comètes et des cosmonautes* / théâtre. Paris: L'Arche éditeur, 2019; *Silences d'exils*, avec la photographe Nadège Abadie. Lausanne: éditions d'en bas, 2020.).

[101] Cf. Pusterla durante participação na Mesa "Minha casa", ao lado da escritora italiana Igiaba Scego, na Festa Literária Internacional (FLIP), Paraty (RJ), em 27 de julho de 2018. Disponível em: https://www.bing.com/videos/search?q=fabio+pusterla+paraty&&view=detail&mid=B03CC353C8FA123F5C94B03CC353C8FA123F5C94&&FORM=VRDGAR

[102] ELIOT, T. S.. *Ensaios*. São Paulo, 1989.

[103] PEREIRA, Edimilson de A.. *Entre Orfe(x)u e Exunouveau*, Rio de Janeiro, 2017, p. 25.

em italiano, português e francês. Isso significa dizer que a sua trajetória se alimenta dessas línguas herdadas de outros usuários.

Ao invés de se restringir a essa constatação, Agustoni delineia em seus livros, em diferentes idiomas, um lugar no qual o plurilinguismo se torna o solo sedimentado para a criação literária. As línguas utilizadas por Agustoni, em cada um dos livros, reafirma a interação da poeta com os seus antecessores. É o caso do poema "ritratto", incluído em *Sorelle di fieno*: no intuito de demonstrar o despaisamento das jovens ticinesas levadas ao internato na Suíça alemã, a poeta acentua o contraste entre o italiano, percebido por elas como a língua do conforto e o alemão, como a língua do exílio. O italiano ocupa a maior parte do poema: do primeiro ao quarto verso aponta a opressão do convento; do quinto ao sétimo verso declara a resistência das jovens; do oitavo ao décimo primeiro verso explicita sua rebeldia, que se libera sob o impulso da alegria. Contudo, os dois versos finais cortam esse impulso e reinstauram o clima opressivo do convento, lembrando às jovens que não podem fugir à língua da ordem e/ou do exílio ("Falem alemão, por favor"):

> Le suore sono sentinelle.
> Nei loro occhi
> i crocifissi e le piaghe
> di Cristo
> (ma siamo noi
> che sentiamo
> le pieghe nella pelle).
> L´asso nella manica
> è lo stufato di fagioli,
> il bianco di Genova
> la domenica
>
>   con il lambicco
> del *Deutschsprechen, bitte*.[104]

No poema acima, as línguas colocadas em oposição revelam o fundo social e psicológico em que oprimidos e opressores se reconhecem, dentre outras possibilidades, pela diferença de suas línguas. A língua, nesse caso, tem o peso da proposição de Pusterla, ou seja, a poeta emprega deliberadamente a língua que os antecedentes usaram para definirem as suas particularidades.

---

[104] AGUSTONI, Prisca. *Sorelle di fieno*. Belo Horizonte, 2002, p.54.

Porém, quando pensadas no conjunto da obra de Agustoni, as línguas adquirem um fluxo próprio, tornando-se a um só tempo reconhecíveis e estranhas aos interlocutores. Ao analisar o uso específico do italiano, o crítico e poeta Biogio D'Angelo observa que a poesia de Agustoni "*non* è in italiano, ma è scritta, invece, sotto l'influsso di un multilinguismo necessario a un tempo specifico, come questo, in cui le migrazioni risultano ancora più persistenti e mettono in evidenza il bisogno di ripensare una proposta linguistica fonologica e un'educazione all'apertura culturale."[105]

O trabalho poético de Agustoni incide sobre o italiano e as demais línguas, deslocando-as de seus contextos factuais para o contexto de representação do poema. Nesse lugar, submetidas às elipses, alterações sintáticas e rítmicas, dentre outros recursos propiciados pela alquimia poética, as línguas são reconfiguradas como linguagens. Tornam-se um fluxo expressivo que, valendo-se dos aparatos verbal, sonoro e visual, ampliam a capacidade de apreensão do mundo por parte do sujeito poeta e/ou interlocutor. Temos, nesse caso, as línguas e as linguagens a favor de uma obra *in progress*, cujo sentido reside na perquirição que o sujeito faz sobre os aspectos dramáticos do seu tempo.

Sendo esse um tempo de dispersão, tornar-se múltiplo constitui uma maneira pertinente para apreendê-lo. Clécio Quesado recorda que para Fernando Pessoa "o maior poeta é aquele que mais se divide, e dividir-se é conhecer-se."[106] Em se tratando de Agustoni, a dispersão de sua poética em vários idiomas corresponde a um processo semelhante que ocorre com a linguagem. Em poemas metalinguísticos ou de teor metafórico, a poeta ressalta a fragmentação da linguagem como um recurso para capturar frações de um tempo e de um lugar igualmente seccionados. Pode-se notar isso numa das passagens de *Un ciel provisoire*:

puisque je suis autre
dans chaque langue

puisque je change de mue
comme on change d'adresse

ange, renard, sirene, poisson rouge

[105] D´ANGELO, Biagio. "Nuovi calligrammi: la voce di Prisca Agustoni". In:. *Oltreoceano*. Udine, vol. 3, p. 193, 2009.
[106] QUESADO, José Clécio Basílio. *O constelado Fernando Pessoa*. Rio de Janeiro, 1976, p. 41.

puisqu'il m'est impossible
de les cacher

puisqu'ils dormente tous avec moi
tous allongés sur le duvet

je me leve tôt le matin
de peur qu'ils ne se réveillent avant moi
et commencent ainsi à disputer ma bouche[107]

Ao afirmar "ser outro em cada língua", a voz poética sintetiza objetivamente um processo que, subjetivamente, é o tensionamento dessa afirmação, pois a identidade que se apresenta como um outro está, de fato, fragmentada em alteridades ("puisque je change de mue/ comme on change d'adresse") que dialogam e contrastam entre si. Um dos desafios que se impõe à poeta, portanto, é encontrar meios para apreender esse período em que "tudo o que é sólido" continua a se dissolver no ar. Ao reconhecer que a linguagem pode fracassar, quando se tenta abarcar a pluralidade do sujeito e do mundo, Agustoni assume esse aspecto como uma das possibilidades expressivas da linguagem. Com isso, o receio do fracasso é convertido em direito à experimentação estética e a poeta, por sua vez, sente-se apta a vivenciar as alteridades que assomam através dos diferentes idiomas.

Como demonstrou Fernando Pessoa, nesse caso, o "dividir-se é conhecer-se". Ao invés do silêncio, o poeta aproximou-se da "qualquer música" que se pode extrair da realidade, bem como das vozes que se entrecruzam numa mesma identidade, tensionadas entre os eixos do pensar e do sentir.[108] A partir disso, as diferentes *personae* de Alberto Caeiro, Álvaro de Campos, Ricardo Reis e o ortônimo Fernando Pessoa estabelecem relações que destacam, por um lado, o estilo de cada poeta e, por outro, as áreas de contato e diálogo entre eles. O Eu e os outros Eus de Fernando Pessoa nos permitem ouvir, com conotações próprias, o enunciado rimbaudiano de que "O eu é um outro." Enunciado característico de um discurso da modernidade que, guardadas as devidas proporções, nos ajuda a pensar sobre a poética de Agustoni. A poeta cita em epígrafe

---

[107] AGUSTONI, Prisca. *Un ciel provisoire*. Genéve, 2015, p. 52.
[108] QUESADO, José Clécio Basílio. *O constelado Fernando Pessoa*. Rio de Janeiro, 1976, p.29-30.

do livro *Días emigrantes* o verso "A lo mejor, soy otro" do peruano César Vallejo e, em seguida, apresenta o seu poema "La otra yo":

Crece el musgo sobre tus párpados.
Y se detiene el anochecer
alrededor de tus miedos.

No se sabe nada del hogar
ni de tus incansables muertes,
mientras caen estrelas
en tu acuario.

*

Dejadme ser esencial,
sin ojos absolutos.
Vestiré mis labios con veludo
y rezaré junto a los hipocampos

igual que ola persistente.[109]

Em *Inventario di voci* rende-se à ideia de que uma outra linguagem é sempre possível:

A caixa é invólucro
das sílabas feridas,

do que sem curar-se
apenas tenta outra linguagem.[110]

Em *Sorelle di fieno* descobre-se outra quando se decide a assumir uma identidade:

Siamo giovani Penelopi
con vecchi retaggi.[111]

Em *A morsa* reconhece a orfandade e as contradições da escrita:

---

[109] AGUSTONI, 2004, p. 17.
[110] AGUSTONI, 2001, p. 33.
[111] AGUSTONI, 2002, p. 51.

Quando se juntaram
para sabotar-me a voz,
dei-lhes um escudo,

essa escrita na sombra
sem filiação
e sem rasura.[112]

Em *Diario di bordo* a origem rasurada indica um rosto plural:

Genealogie straniere,
mio nonno che parlava
un inglese locarnese.[113]

Em *Un ciel provisoire* intui-se que, sob a pluralidade dos rostos, a solidão tece sua teia:

à cette terre d'abandon
désert sans dieu
nous revenons
avec ce qui reste de la dépouille[114]

Em *Animal extremo* a dificuldade de se estabelecer teias de comunicação acentua o isolamento dos indivíduos:

Sem dúvida gostas de imaginar que há outra vida onde as vozes dos
vizinhos não soem tão
frias

e seus corpos tão estrangeiros.[115]

Ao valer-se da pluralidade e da flexibilidade da linguagem, Agustoni confere voz às *personae* que se expressam em diversas línguas e encenam um drama no qual o sujeito é um e vários ao mesmo tempo, uno e disperso. É sob essa tensão que o sujeito se constitui e, mirando uma de suas faces, ainda precisa afirmar: "continuo a me procurar na multidão

---

[112] AGUSTONI, 2010, p. 19.
[113] AGUSTONI, 2015, p. 12.
[114] AGUSTONI, Prisca. *Un ciel provisoire*. Genève, 2015, 14.
[115] AGUSTONI, 2017, p. 24.

que me habita".[116] Sem atribuir nomes específicos a essas *personae*, num procedimento semelhante ao de Cesário Verde – sujeito de várias vozes em circulação entre a cidade e o campo –, a poeta transfere aos interlocutores o seguinte enigma: que *personae* falam quando a poeta escreve, respectivamente, em italiano, português, francês e espanhol? É factível que em todas se exprima Prisca Agustoni que, à maneira do ortônimo Fernando Pessoa, sustenta com suas demais alteridades uma relação de aproximação e de distanciamento. Mas, é possível também, que em cada voz íntima e estrangeira se revele um discurso particular, relacionado às questões éticas e estéticas do campo literário da língua de referência. Não nos esqueçamos de que os livros de Agustoni têm em seu sistema de gravitação autorias como Dante e Montale, em italiano; Drummond, João Cabral e Cecília Meireles, em português; Baudelaire e Apollinaire, em francês; Lorca e Gabriela Mistral, em espanhol. Em torno dessas e de outras autorias, do público e da crítica, que as analisa, a poeta tece vínculos que demarcam a sua inserção e/ou afastamento de cenas literárias diferenciadas entre si.

O fato de transitar por várias cenas coloca a poeta em contato com questões políticas, estéticas e sociais específicas de cada uma delas. Em função disso, o conjunto de seus livros é cerzido por poéticas que ora se aproximam, ora se distanciam. Nesse jogo de semelhanças e diferenças, diálogos e conflitos, Agustoni se desdobra em diferentes identidades ou *personae*, sendo e pensando-se de modo diverso em cada campo literário. Por ora, nos interessa demonstrar que a particularidade das poéticas nos colocam diante de um processo oposto ao tensionamento, ou seja, a dispersão. Interessa-nos apontar aqui as múltiplas autorias de Agustoni que tecem diferentes poéticas. Assim, por exemplo, encontramos em sua obra tanto as liberdades formais que permeiam a poesia brasileira contemporânea (*Animal extremo*) quanto a regularidade discursiva de certa poesia em italiano, sobretudo aquela ligada ao Ticino (*Poesia scelta. 2000-2012*); ou, os apelos socioculturais da poesia latinoamericana (*Días emigrantes*) e a despersonalização do sujeito no discurso poético, perceptível em seus escritos em francês (*Un ciel provisoire*).

Como veremos adiante, a manutenção dessa cena poética ocorre graças a um processo de tensionamento, que funciona em resposta a fatores internos e externos ao conjunto da obra. Mas, já possível antecipar

---

[116] AGUSTONI, Prisca. *Animal extremo*. São Paulo, 2017, p. 110.

que um desses fatores é a maneira como atua a própria autora, particularmente, quando investe no trabalho de autotradução. A tradução, sem dúvida, tem inúmeras implicações. Ao inserir o texto traduzido num outro domínio linguístico pode alterar esse domínio, forçando-o a aceitar as diferenças do texto traduzido ou, ao contrário, pode domesticar o texto traduzido, moldando-o às regras do sistema no qual será inserido. Além dessas possibilidades, há que se ter em mente a perspectiva de que um tradutor é um *traditore* ou, num sentido profundo, um sujeito que se habilita a recriar – por ser também um criador – um determinado texto. Nesse caso, a lógica de uma transcriação, fundada sobre o esforço imaginativo do tradutor, tende a enriquecer os patrimônios linguístico de partida e de chegada do texto.[117]

A *personae* autotradutora de Prisca Agustoni enfrenta essas questões desde a publicação de seu primeiro livro, *Inventario di voci/ Inventário de vozes*. Neste livro e nos seguintes, a autora se autotraduziu do italiano para o português: *La morsa/ A morsa*, *Casa delle ossa/ Casa dos ossos*, *A neve ilícita/ Cosa resta del bianco*. Do francês para o português a autotradução ocorreu em *Le déni/ A recusa* e *L'animal extreme/ O animal extremo*.[118] Não é nosso objetivo realizar uma análise detalhada das versões dessas obras nos seus diferentes idiomas. Contudo, essa é uma tarefa a ser desenvolvida, em algum momento, haja vista a riqueza de detalhes que poderá oferecer para compreendermos as articulações linguísticas e temáticas em algumas poéticas contemporâneas.

A autotradução torna mais agudas as perguntas que, habitualmente, ocorrem acerca de um texto traduzido. Sabendo que o agente tradutor é a própria autora, é legítimo indagar: até onde ela mantém o texto inicial na versão traduzida? Sendo ela autora/tradutora qual é, afinal, o texto original? Ou, ambos são originais porque a poeta julga ter encontrado a melhor forma para cada um deles em línguas que ela domina como suas línguas de origem?[119] Diante da autotradução

---

[117] Sobre a questão da tradução/ transcriação ver PEREIRA, Edimilson de A.. *Entre Orfe(x) e Exunouveau*. Rio de Janeiro, 2017, p. 110-114.

[118] A partir de setembro de 2019, Agustoni começou a trabalhar a edição trilíngue português, francês e italiano do livro *O animal extremo* para uma casa editorial de Lausanne, Suíça.

[119] No artigo "I 'sel-translation studies': panorama di una disciplina" Chiara Lusetti (2018: 155), baseada nas análises de vários teóricos, salienta que "che la seconda versione può essere recepita come un originale nel contesto di arrivo, soprattutto in caso di assenza di referimenti paratestuali alla prima versione nella prima lingua."

indicada a seguir, e considerando as variações da obra de Agustoni, essas indagações podem ser ampliadas, com vistas a compreender essa prática que alguns autores esporadicamente e outros, com frequência, incluem em suas trajetórias.

Non guardarmi,	Não me olhes.
	Escuta apenas a respiração
solo ascolta il mio respiro	em teu ombro,
annunciando la mia presenza,	e não recues.
e non indietreggiare,	
	: sou invisível à tua chamada[120]
: sono invisibile alla tua chiamata	

No caso de Agustoni, a autotradução se converteu num processo de reinvenção da própria obra, algo similiar ao que ocorre com o poeta franco-italiano Fabrizio Bajec (1975), que afirma a respeito de sua escrita: "l'autotraduzione è per me una forma di scrittura e, nel contempo, di indagine."[121] A incidência da prática metalinguística no processo de autotradução permite aos poetas reorganizarem os conteúdos, os ritmos e as formas dos poemas, conferindo autonomia às diferentes versões de seus livros, em quaisquer idiomas. É pertinente afirmar que um livro autotraduzido se transforma em outro à medida que uma *persona* poética se desdobra em outra. Nesse caso, a questão da fidelidade ao texto original se apresenta, mas de maneira relativa já que, conforme assinala Bajec, o(a) autor(a) em mais de uma língua "è alla ricerca di un'identità che non sarà mai data una volta per tutte, ed egli non ha il timore di perderla. Il che annulla implicitamente il vecchio dilema dell'orginale e della nuova versione, della causa e dell'effetto, dell'arrivo e della derivazione."[122]

Sob essa perspectiva, autotraduzir-se significa reinventar-se como sujeito em esferas socioculturais simultâneas. Por sua vez, o texto autotraduzido se configura também como um caleidoscópio, cuja forma e conteúdo fazem valer ainda mais o princípio de que a interpretação torna o texto sempre um outro texto. O devir, nesse caso, se expõe como a

---

[120] AGUSTONI, Prisca. *Casa delle ossa*, Lugano, 2010, p. 29; *Casa dos ossos*, Juiz de Fora, 2017, p.27.

[121] BAJEC, Fabrizio. *La collaborazione*. Milano, 2018, p. 106.

[122] BAJEC, Fabrizio. "*Loin de Dieu, près de toi*: l'autotraduzione come processo generativo". In: *Transalpina*. Caen, nº 18, 2015, p. 66.

força inerente da linguagem poética, ampliando para o sujeito o direito à experimentação no ato da escrita. Por isso, a experiência de ler *A recusa*, de Agustoni, na edição portuguesa, se transforma numa outra leitura, quando da edição de *Le déni*, em francês. Paradoxalmente falando, estamos diante de obras que se tornam diferentes a partir de uma certa similaridade. Diante delas, vivenciamos algo parecido ao sujeito que se observa no espelho e se descobre semelhante e diferente de si mesmo.

A autotradução relativiza o poema como um objeto linguisticamente acabado para, em seguida, demonstrar que a sua existência se afigura como um moto-contínuo. Ou seja, o poema se afirma na medida em que é uma circunstância, pois está afeito às interpretações e às alterações deflagradas pelos seus interlocutores. O poema que é autotraduzido tem no seu autor um dos interlocutores mais radicais, já que este se desdobra em um outro sujeito para dar à luz um outro poema. Por isso, o poeta e crítico Biagio D'Angelo interpreta a autotradução como

> un'esperienza di decentramento dato che il testo prodotto si pone non tanto come punto di arrivo di una riflessione poetica, ma nell'oscillazione tra la propria e la cultura 'altra' alla quale lo scrivente partecipa. In questo spazio intermedio, un certo *in-between* della mente e delle operazioni cognitive legate alla coscienza poetica, risiede allora il vero risultato del processo autotraduttorio, sempre insufficiente, come qualsiasi altra traduzione da una lingua originale alla lingua di arrivo del traduttore." [123]

No processo autotradutório de Agustoni, a poeta e a crítica literária atuam em consonância, embora cada uma dessas *personae* manuseie os seus instrumentos específicos. Se a poeta elide fronteiras geográficas e afetivas, a crítica, intencionalmente, revela as consequências dessa opção; se a primeira acentua a liberdade do onirismo, a segunda observa o enraizamento histórico do sujeito que sonha. A partir desse jogo de mergulho sensorial e avaliação crítica se estabelece uma poética que faz, paradoxalmente, do descentramento, um dos seus traços de reconhecimento. Ao mover os poemas de uma língua para outra(s), Agustoni configura em termos estéticos aquele que é, à primeira vista, o seu descentramento geográfico.

---

[123] D'ANGELO, Biagio. "Confessioni di un italiano: alcune osservazioni sull'autotraduzione". In: *Oltreoceano*. Udine, vol. 5, 2011, p. 117.

Desse modo, o lugar do sujeito – aquele limite geográfico, político e cultural assinalado nos documentos oficiais – passa a ser compreendido como uma dimensão abstrata, constituída com os recursos das diversas modalidades de linguagem. Portanto, mais do que se referir a um lugar de si, Agustoni se refere aos lugares de linguagem onde o sujeito se reinventa. A configuração dessa poética de lugares de linguagem pode ser observada na autotradução do livro de contos *A neve ilícita* do português para o italiano. A autotradução resultou numa nova obra intitulada *Cosa resta del bianco*. Os 44 contos da versão em português passaram a ser 65 na versão em italiano. Esse processo amplia os conceitos de texto original e texto traduzido, de autor e tradutor, na medida em que acentua a mobilidade dos significados e dos pontos de vista que participam das obras.

A autotradução, embora praticada há muito[124], adquiriu um destaque recente, quando o acerto de contas da Europa com a Segunda Guerra passou novamente pelo território alemão. Sob uma perspectiva sociológica, Biagio D'Angelo afirma que a autotradução "reflete as alterações geopolíticas" desencadeadas a partir da queda do Muro de Berlim", em 9 de novembro de 1989. Sob uma perspectiva literária, esse evento desencadeou no cenário europeu, dos anos seguintes, a eclosão de "una poesia 'giovane'", que possuía o impulso de "superare le frontiere anguste di un pensamento nazionalista o nazionalcentrico. Per questo, non disdegna l'auto-traduzione, l'inserzione di vocaboli di culture estranee, ma che sorgono nella mente poetica, come indispensabili punti di relazione."[125]

Num sentido amplo, a autotradução se revestiu de um teor político – porque estendeu sua potência dialógica do indivíduo para o seu entorno social – e se aliou ao espírito crítico de ativistas sociais contrários à exacerbação dos nacionalismos e às restrições impostas à livre circulação dos cidadãos. As medidas políticas que apontaram para a utopia de uma comunidade europeia encontraram seu correspondente estético numa poesia de abertura ao diverso, sobretudo, no que se refere

---

[124] Ver FISCHER, Cláudia J.. "Auto-tradução e experimentação interlinguística na génese d"O Marinheiro' de Fernando Pessoa". In: *Pessoa Plural*: 1 (P./Spr. 2012), p.1: "Se Álvaro de Campos, por exemplo, se dedicou à auto-tradução de dois dos seus poemas, deixando-nos versos de "Opiary" e de "Naval Ode", já o ortónimo escolheu "O Marinheiro" – seu "drama estatico n'um quadro" publicado no n°1 da revista *Orpheu* em 1915 – para o verter para as línguas francesa e inglesa"

[125] D´ANGELO, Biagio. "Nuovi calligrammi: la voce di Prisca Agustoni". In: *Oltreoceano*. Udine, vol. 3, 2009, p. 193.

à reinvenção de escritas individuais, através da autotradução, e à mescla de idiomas na construção do poema.

Nesse início de século XXI, o caráter político da autotradução se mantém na Europa em face do ideário nacionalista, não raro associado às ações de grupos neofascistas, que retomou o discurso de fechamento das fronteiras e de expulsão dos imigrantes. Reiteram-se os chamados valores nacionais em detrimento do diálogo, que valoriza as relações multiculturais e multiétnicas. Se antes a autotradução celebrava a abertura num contexto geopolítico de esperanças, agora, essa prática sustenta suas intenções, porém, num cenário sombrio. Ao se identificarem como viajantes de várias línguas, culturas e identidades, os poetas em autotradução informam que pertencem a vários territórios não só em função de seus deslocamentos geográficos, mas também em função das negociações e conflitos que acentuam a diversidade de forma, de conteúdo e de recepção de suas poéticas. Por seu turno, Prisca Agustoni ratifica esse posicionamento, na medida em que é acolhida pelos diferentes ambientes literários por onde transita. Sua participação em festivais, seminários, publicações individuais e antologias (em línguas locais, autotradução e tradução) evidenciam que seu território são as línguas e que um dos motores de sua poética é, de modo consciente, a ultrapassagem das fronteiras.

No que tange ao aspecto psicológico, a geração de Agustoni tem partilhado a experiência da autotradução através de oficinas e ciclos de leitura. Exemplo disso foram as apresentações realizadas pela poeta entre setembro e novembro de 2018, nas cidades suíças de Bellinzona, Genebra, Domat, Basileia e Zurique. A convite do Babel Festival (através do programa *Poethreesome*), Agustoni compartilhou uma série de leituras e debates com as poetas Gianna Olinda Cadonau (suíça, que escreve em alemão e romanche) e Marina Skalova (russa, que escreve em alemão e francês).[126] Nesses encontros, a autotradução foi apontada não apenas como um exercício de competência linguística mas, principalmente, como um traço que ajuda a delinear a especificidade dessas vozes poéticas. Para essas vozes, autotraduzir-se significa transitar através de um acervo linguístico-cultural complexo que, inserido na escrita, indica os seus possíveis lugares de pertencimento. Para Agustoni, que se reconhece como sujeito de um território cultural diverso, esse acervo está longe de ser utilizado apenas como adorno em seus textos plurilíngues.

---

[126] Ver https://www.babelfestival.com - Babel Festival di Letteratura e Traduzione, Bellinzona, Svizzera, 13-16 settembre 2018.

A prática sistemática da autotradução e a circulação de textos dela resultantes, nos permite dizer que Agustoni a transformou, ao longo do tempo, em um de seus processos de criação. Em razão disso, há que se pensar a autotradução como uma marca estilística de sua obra: através dela, a poeta se insere em contextos literários diferenciados e tensiona o seu próprio *corpus* de escrita ao fracioná-lo em diversas *personae*. Além disso, vislumbra-se na autotradução o empenho dramático de um sujeito que, por existir-em- trânsito, precisa se afirmar sobre um solo sempre deslizante. Em relação a isso, é interessante citar o que afirma a escritora Sylvia Molloy, a partir de sua experiência com o bilinguismo:

> Ser bilíngue é falar sabendo que o que se diz está sempre sendo dito em *outro* lugar, em muitos lugares. Esta consciência da inerente estranheza de toda comunicação, este saber que o que se diz é desde sempre alheio, que o falar implica sempre insuficiência e sobretudo *doblez* (sempre há *outra* maneira de dizê-lo) é característica de qualquer linguagem, mas, na ânsia de estabelecer contato, esquecemos disso. O bilinguismo implícito daquele que domina mais de uma língua – por hábito, por comodidade, como desafio, com fins estéticos, seja simultânea ou sucessivamente – torna evidente esta alteridade da linguagem.[127]

O plurilinguismo que caracteriza a obra de Agustoni pode ser visto como um desdobramento das proposições de Molloy, quando esta se refere ao deslocamento do sentido como um fator inerente à experiência do bilinguismo. Para a autora de *Casa dos ossos* o que se diz está sempre naqueles "muitos lugares", partilhando uma identidade que consiste, no fundo, numa série de alteridades. Seu discurso poético nasce, portanto, como reconhecimento da fratura e da insuficiência da linguagem. A prática da autotradução, ao mesmo tempo que traz à luz uma nova obra, acentua a alteridade entre o que se escreveu numa língua e aquilo se reinventou em outra. Sob essa condição, Agustoni escreve à deriva, tendo consciência daquilo que é enraizamento, mas também despaisamento nesses trânsitos. Veja-se um fragmento que traduz essa atmosfera no livro *Animal extremo*:

---

[127] MOLLOY, Sylvia. *Viver entre línguas*. Belo Horizonte, 2018, texto citado na primeira orelha do livro.

> Quem dera
> ficar aqui
> à espera da luz.
> Estar aqui, simplesmente,
> num canto só meu
> onde todos moram
>
> menos eu[128]

O sujeito à deriva na lírica de Agustoni subverte a herança emocional que esse gênero invoca e forja um lirismo cético e reflexivo. Através da racionalização do lirismo, a poeta realiza incursões em uma realidade habitada por indivíduos às voltas com as suas ruínas. O resultado dessas incursões é a descoberta de um acervo fragmentado, no qual objetos e vivências precisam ser reconfigurados pelo sujeito. Isso, porém, não lhe devolve o paraíso perdido, pois acena-lhe com um tempo de crise quando, no dizer de Octavio Paz, "rompem-se ou afrouxam-se os laços que fazem da sociedade um todo orgânico."[129]

> Antes de fechar os olhos, vejo urtigas nos quatro cantos do cômodo. No dia seguinte procuro por elas. Mas não há nem urtigas nem raízes Percebo, no entanto, marcas nas paredes, e antes de sair me pergunto se elas sempre estiveram lá ou se sou eu quem mora nesses locais por intermitência.[130]

Antes que se associe Agustoni a uma poética niilista – já que não faltam razões para isso nas sociedades contemporâneas – é preciso dizer que o conhecimento da dispersão não anula a busca por saídas alternativas a ela. O sujeito que logra saber-se fragmentado pode vislumbrar pelo menos duas possibilidades para a sua condição: primeiro, manter-se preso à perda, reconhecendo que é impossível repará-la ou, segundo, reconstruir-se a partir da perda criando, para isso, instrumentos alternativos que sustentem essa reação. Não obstante o ceticismo, essa é a senda estreita por onde avança a poética de Agustoni. Ao invés de se restringir ao inventário das perdas, a poeta as reorganiza num conjunto deslizante no qual a fragmentação das línguas é refeita como constelação de linguagens, o exílio

---

[128] AGUSTONI, Prisca. *Animal extremo*. São Paulo, 2017, p. 70.
[129] PAZ, Octavio. *O arco e a lira*. Rio de Janeiro, 1982, p. 53.
[130] AGUSTONI, Prisca. *Animal extremo*. São Paulo, 2017, p. 73.

entre territórios é redesenhado como uma cartografia de todos-os-lugares, e a despersonalização do sujeito é reinterpretada como a vivência em estado de alteridade. Tem-se uma poética avessa às categorizações absolutas, que existe na medida em que suas teias são destecidas. Talvez, por isso, sua empatia com os interlocutores não seja um ponto pacífico, pois não se trata de uma poética para envolver e confortar, mas para distender-se entre objetos e experiências ainda não catalogados.

O TENSIONAMENTO QUE FAZ O EIXO GIRAR

O tensionamento é um processo que permeia as práticas da vida cotidiana. Em vista de sua complexidade, mais do que defini-lo, é interessante perceber o seu funcionamento. Muito do que o sujeito, em sua trajetória social, pensa e faz decorre da interferência das situações de tensionamento. Vale ressaltar o fato de que o agente que as desencadeia é o próprio sujeito. Aquele momento de hesitação que ele experimenta ao cruzar ou não a rua, em tirar esse ou aquele livro da estante, em optar por essa ou aquela tendência política é, em termos de construção de um modelo de mundo – a evidência de que o sujeito não trafega em um espaço histórico-social linear. Apesar das normas que aplainam esse espaço – criando para o sujeito a ilusão de que as coisas são feitas conforme a medida de suas escolhas – percebe-se que as relações com os outros sujeitos revela um mundo no qual o diálogo, embora desejável, nem sempre demonstra força suficiente para evitar a aspereza dos conflitos.

As hesitações grandes e pequenas, vividas individualmente ou em grupo, revelam a necessidade que o sujeito tem de articular estratégias para atribuir sentido à sociedade em que vive. Por isso, as ações do sujeito se encontram sob o risco de alcançar seus objetivos ou de vê-los alterados mediante as negociações e os embates com outras propostas. Essa é a condição que conforma o que chamamos de tensionamento, cujas versões ocorrem tanto nas práticas sociais, quanto nas configurações do imaginário pessoal. Se é provável que a maioria das pessoas atravessam seus dias alheias a essa tensão, não é menos verdade que certos setores e sujeitos se aplicam a explicitar as causas e as consequências das situações de risco.

A literatura e a filosofia, por exemplo, instigam o sujeito a compreender o que ele poderia ser se vivesse mais o risco do que a sua recusa.

Enfrentar o risco implica em considerar o discurso que ele impõe ao sujeito, prometendo-lhe a superação da precariedade de quem apenas aceita o seu destino ou, agonicamente, deixando-o ao abandono, sem um porto seguro à sua frente. O alemão Herman Hesse, um dos muitos escritores a abordar a escrita no tempo em ruínas do pós-guerra, sintetizou o que vem a ser o estado de tensionamento ao qual nos referimos. Numa passagem do romance *Demian*, o narrador assinala que "Quem quiser nascer tem que destruir um mundo."[131]O tensionamento atua de maneira decisiva na obra de Agustoni, conferindo-lhe o potencial de criar, a partir da destruição de paradigmas, conjunturas poéticas que se encontram em processo de organização. À maneira do que sugere Hesse, a violência inerente ao processo de tensionamento implica na perda da inocência, que credita às forças exteriores ao sujeito o controle sobre a vida e a morte. Contrariamente, a poética de Agustoni nasce da consciência cultivada pelo sujeito como sua condição fundamental. E é essa condição que o sustenta, mesmo em situações adversas, como se vê num dos fragmentos do livro *Hora zero*:

> Paga-se caro, nesses tempos,
> por um precário ponto
> de ancoragem.[132]

A escrita que se desenvolve a partir do tensionamento ratifica a *persona* da poeta reflexiva, atenta ao "primado do pensamento"[133]. Para ela a destruição e a construção – além de se referirem aos atributos psicológicos do sujeito – podem ser articuladas como aparatos teóricos, que lhe permitem observar criticamente sua própria escrita. Com isso, é possível estabelecer uma escrita que gira em torno de seus atributos internos (tais como as experiências formais com a linguagem ou a vinculação, por razões diversas, a um determinado viés estético), entendendo-os como elementos pertinentes de compreensão de fatores externos (tais como os movimentos histórico-sociais, as demandas identitárias de grupos em risco, etc). Sob esse ponto de vista, escrever consiste num ato que remete

---

[131] HESSE, Herman. *Demian*. Rio de Janeiro, s/d, p. 114.

[132] AGUSTONI, Prisca. *Hora zero*. São Paulo, 2016, p.27.

[133] Ao analisar a obra de Pessoa, Clécio Quesado afirma que "O primado do pensamento na estruturação do processo de construção poética vai instituir, [...], o pólo da expressão subjetiva [...]". In: *O constelado Fernando Pessoa*. Rio de Janeiro, 1976, p. 29.

o pensamento contra as formas construídas, no intuito de reestruturá-las para se conformarem como indagações sobre a realidade. Não há que se esperar dessa poética o conforto para o sujeito, mas o ganho – ainda que doloroso – de uma clarividência sobre o estar-no-mundo, como se vê na abertura do livro *Casa dos ossos*:

> essa escrita que diz e preenche
> o vazio das noites em que muitas estrelas
> e diversas línguas não traduzem
> o que importa o que realmente importa
> para que o estômago não arda mais
> e coisas e novas palavras encontrem
> em seu ossário razão e paz[134]

Se é crítica, essa clarividência confronta os limites que a cultura desenha em torno do sujeito. Por exemplo, à tradição lírica que celebra "o encontro" – em geral, do amado com a amada, sob o silêncio imposto à segunda – Agustoni contesta com a despersonalização do corpo e a instauração do vazio onde, antes, tínhamos a certeza do encontro:

> vamos lentos em direção ao corpo
> não o meu
> não o seu
>
> : o outro, aquele que não estava aqui
> apesar do seu rastro[135]

Em referência à *performance* do *blues*, vinculada à rearticulação de heranças negras na diáspora, Duke Ellington afirmou que este é "cantado por uma terceira pessoa. Aquela que não está ali."[136] No poema acima, Agustoni ressalta essa perspectiva que, mais do que uma força de expressão, é resultado de uma ordem sociocultural que não é a sua. A aproximação da poeta às temáticas da diáspora decorreu de sua inserção pessoal em comunidades afrodescendentes no Brasil, bem como da abordagem teórica de questões históricas, sociais

---

[134] AGUSTONI, Prisca. *Casa dos ossos*. Juiz de Fora, 2017, p.11. Ver a edição em italiano *Casa delle ossa*. Lugano, 2010, p. 11.
[135] *Idem*, p. 7; na edição em italiano, p. 7.
[136] SODRÉ, Muniz. *Samba, o dono do corpo*. Rio de Janeiro, 1979.

e culturais relacionadas a elas. Além da dissertação apresentada na conclusão do *Master in Genders of Studies*, Agustoni publicou, dentre outros, os artigos "Las islas y sus cicatrizes: diálogos caribenhos" (2011) e "El Caribe escrito por dos poetas afro-caribeñas migrantes" (2016)[137]; analisou obras da Literatura Afro-brasileira e ministrou cursos sobre poéticas afrodiaspóricas para discentes de pós-graduação na Faculdade de Letras da UFJF. Atuou junto ao Núcleo de Estudos Afro-brasileiros (NEAB-UFJF), onde ofereceu disciplinas sobre literaturas da diáspora africana para docentes, conforme prescrito pela Lei 10.639, de janeiro de 2003, que tornou obrigatório o ensino de História e Cultura Africanas e Afro-brasileiras nas redes de ensino pública e particular do país.

No que tange ao percurso de Agustoni, a aprendizagem e o diálogo com diferentes espectros culturais se tornaram fatores decisivos para a formulação de uma poética de trânsitos linguístico-culturais. Nesta, o tensionamento se conforma como um traço inerente ao contato entre epistemologias diferentes. Diante disso, a poética de Agustoni aciona aspectos de uma epistemologia ocidental – que interpreta a recusa do encontro ("vamos lentos em direção ao corpo/ não o meu/ não o seu") como uma ruptura com a tradição neoplatônica – e de uma epistemolgia afrodiaspórica – que, relacionada à dispersão do indivíduo nos territórios atlânticos, subentende na impossibilidade da posse uma razão, ainda que fragmentada, para celebrar a continuidade da vida.

Considerando o que foi dito anteriormente, Agustoni relaciona-se por contraste com alguns elementos importantes de sua fronteira geográfica, situada entre o Ticino (Suíça) e a Lombardia (Itália). Nesse recorte, a voz de Giorgio Orelli aponta uma possível reação do sujeito mediante a inevitabilidade da morte. De sua perspectiva, sobressai um sentido positivo da passagem do tempo que, ao invés de encurtar-se para o sujeito, alonga-se como demonstra um de seus críticos. No dizer de Pietro de Marchi (2011: 10), "Orelli poeta sembra invece, sotto questo aspetto,

---

[137] AGUSTONI, Prisca. "Las islas y sus cicatrizes: diálogos caribenhos". In: Bolaños, Aimée. (org.). *Voces negras de las Américas: diálogos contemporáneos*. Rio Grande, v. 1, p. 243-260; ------. "El Caribe escrito por dos poetas afro-caribeñas migrantes". In: Yvette Sánchez ;Valeria Wagner. (Org.). *Cruzar las Américas : perspectivas hemisféricas en lenguajes, literaturas y culturas visuales*. Pittsburgh. v. 1, p. 95-112.

per quanto è possibile, imune dal trascorrere del tempo. Come per gli alberi di una bella poesia di Umberto Saba, per Orelli, 'la vecchiezza è un aumento'".[138] Por contraste, a presença da fragmentação como um dos eixos de articulação poética insere Agustoni no rol das poéticas da dispersão, entrevista em língua portuguesa, como no poema "Quase" de Mário de Sá-Carneiro ("Se me vagueio, encontro só indícios..."). À maneira deste, Agustoni não prevê uma recuperação para as perdas. Antes, sob uma perspectiva cética, que contrasta com a sabedoria resignada de Orelli, a poeta nos estimula a ver no esvaziamento – representado pela passagem do tempo e a consequente chegada da morte – um evento cujo sentido está permanentemente aberto:

> Ni conmigo ni contigo está el tiempo.
> A veces el sueño lo captura.
> Pero siempre llega la vigília
> capaz de espantar a los caracoles.[139]

Em face da herança literária do seu país de origem e dos demais que a acolheram física e literariamente, o percurso de Agustoni sinaliza para uma relativização das chamadas literauras nacionais. Ao atravessar as películas socioculturais que envolvem essas literaturas, a poeta nos revela o dentro e o fora desses sistemas, enquanto evidencia o trânsito como uma das características de sua obra. Essa característica, que incide sobre tantas obras contemporâneas, nos impõe uma pergunta importante: ante a relativização do cânone das literaturas nacionais, que outra configuração estética a poeta propõe aos seus interlocutores? Antes de respondermos a essa pergunta será oportuno analisarmos a estruturação da obra da autora. Os seus 21 livros de poemas, até agora, foram publicados em quatro idiomas.[140] Do ponto de vista externo, eles colocam a poeta em sintonia com as literaturas contemporâneas em línguas italiana, portuguesa, francesa e espanhola. Para navegar, simultaneamente, nesses circuitos, Agustoni tem publicado suas obras com intervalos

---

[138] DE MARCHI, Pietro (a cura di). "I giorni della vita. Per i novant'anni di Giorgio Orelli", In: *Giorgio Orelli: giorni della vita.* Mendrisio, 2011, p. 10.

[139] AGUSTONI, Prisca. *Días emigrantes y otros poemas.* Belo Horizonte, 2004, p. 23.

[140] Em 1999, Agustoni publicou com Edimilson A. Pereira *Traduzioni/ Traduções*, Belo Horizonte, Mazza. Edição com imagens de Vallemaggia (TI) e Mariana (MG) realizadas pelo pintor mineiro Dnar Rocha.

pequenos entre uma e outra edição. Contudo, se observarmos de dentro de cada circuito literário, essa temporalidade sofre grandes alterações. A edição de *Días emigrantes*, em 2004, que contou com o prólogo escrito por Martha L. Canfield, representa a face mais restrita das *personae* da autora. Além desse livro, saíram poemas em espanhol na revista mexicana *Punto en Línea* (2009) e nas publicações peruanas *Fórnix* e *Vallejo*, no decorrer de 2016.[141] As edições em português, francês e italiano vieram a público com maior regularidade e demonstram a inserção de Agustoni num circuito de vozes contemporâneas, nos quais ela é apresentada como poeta de Literatura Brasileira e Literatura Suíça.[142]

Do ponto de vista interno, os livros de Agustoni formam uma espécie de constelação, na qual se destacam grupos de estruturas literárias:

a) *maiores*: coletâneas escritas em italiano (*Casa delle ossa*), português (*Hora zero*), francês (*Um ciel provisoire*) e espanhol (*Días emigrantes*);

b) *menores*: coletâneas traduzidas por terceiros, a exemplo de *Sorelle di fieno*. Cada um desses grupos se move com autonomia relativa, ou seja, são categorizados de *modo particular* (por terem sido escritos num dos idiomas citados acima e por interagirem com seus respectivos campos literários), ao mesmo tempo em que *mantêm relações por similaridade com outros grupos* (os livros supramencionados partilham com as coletâneas traduzidas o fato de interagirem dentro do sistema plurilinguístico de Prisca Agustoni).

O traçado básico desse conjunto aponta para algumas inter-relações estéticas, filológicas e estilísticas que merecerão uma análise mais precisa,

---

[141] Ver *Punto en Línea*, Ciudad de México, Universidad Nacional Autónoma de México, n° 16, marzo 2009 ; *Fórnix* – Revista de creación y crítica, Lima, Peru, n° 14, p. 442-446, 2016, coord. Renato Sandoval; *Vallejo & Co.* – Revista electrónica de arte y literatura, Peru, año VI, octubre 2016, org. Fabrício Marques.

[142] Agustoni foi incluída nas seguintes antologias de poesia brasileira: FERRAZ, Paulo (org.). *Roteiro da poesia brasileira – anos 90*. São Paulo, 2011; SILVEIRA, Gustavo Ribeiro (org). *A extração dos dias: poesia brasileira agora*. Curitiba, 2017; NEGUS, Sean e CORREIA, Donny (org.). *Dusie - The contemporary brazilian poetry edition*. n°21, 2018, p. 16-27; LAVELLE, Patrícia e BRITTO, Paulo Henriques (orgs.). *O nervo do poema: antologia para Orides Fontela*. Belo Horizonte, 2018; MELO, Tarso de. *Sobre poesia, ainda*. São Paulo: Lumme, 2019. A autora foi incluída nas seguintes obras de poesia em italiano: *Giovane poesia italiana. Bellinzona*: Giampiero Casagrande, 2007 (Intervista); CASTAGNOLA, R.; CIGNETTI, L. . *Di soglia in soglia: venti nuovi poeti nella Svizzera italiana*. Losone (Ticino): Edizioni le Ricerche, 2008; "Les otages" (poesie). Lausanne: Rivista Archai, 2010; GUERINI, Andréia, SIMONI, Karine (org.). *Nulla che non possano I versi*. Antologia de poesia italiana entre o Brasil e a Itália. Tubarão (SC), 2018.

em algum momento. Por ora, levantaremos questões gerais decorrentes do modo como os livros, tomados em conjunto, provocam a sensibilidade dos interlocutores, a saber:

a) como descrever a experiência de leitura em face de um livro publicado, pelo processo de autotradução, em duas línguas (*Casa dos ossos*, em italiano e português, e *A recusa*, em português e francês)?

b) como confrontar os livros em autotradução (*La morsa*) com aqueles traduzidos por terceiros (*Sorelle di fieno*)?

c) como relacionar a edição e a recepção de livros publicados em português no Brasil (*Animal extremo*) e em Portugal (*A recusa*)?

d) como relacionar a edição e a recepção de livros publicados em italiano na Suíça (*La morsa*), na Itália (*Poesia scelta*) e no Brasil (*Diario di bordo*)?

e) como relacionar a edição e a recepção de livro publicado em espanhol no Brasil (*Días emigrantes*)?

Por um lado, essas questões são endereçadas ao leitor que, em condições ideais, pode ler a obra completa de Agustoni tendo, desse modo, uma visão acurada dessas inter-relações. Daí a importância de se reeditar os livros e as antologias, de se organizar textos paradidáticos e debates que auxiliem o acesso a essa escrita de múltiplas faces. Por outro lado, as abordagens críticas verão nesse fato um projeto pessoal que se articula *pari passu* a circunstâncias histórico-sociais específicas.

Estamos falando de uma obra que dialoga com os dilemas e as tensões de seu tempo. A circulação de indivíduos tem sido um acontecimento marcante nas últimas décadas: por motivos nefastos – como a fuga dos governos autoritários ou das catástrofes naturais geradas pelo desequilíbrio ecológico – ou por escolhas pessoais – como as viagens de lazer ou trabalho e a formação de famílias multinacionais – tem-se, com maior frequência, os contatos linguísticos, a pressão sobre as fronteiras e o intercâmbio entre imaginários de diferentes culturas. De certa maneira, a poética de Prisca Agustoni expressa aspectos desse caleidoscópio, não como sua continuidade, mas como uma problematizaçao de suas fraturas. A par disso, a poeta retorna às questões relacionadas às línguas, já que estas, mediante suas especificidades, tanto aproximam quanto afastam os indivíduos, tanto demarcam quanto ultrapassam os territórios. Eis o que se depreende nessa *microbabel* incluída no livro *Diario di bordo*:

porto sulla lingua
le patrie come i pesci

scivolando[143]

O tensionamento pensado, a princípio, como um contraponto à dispersão, pode ser analisado em relação a si mesmo. Ou seja, ele ajuda a poeta a superar as dicotomias que nos fazem ver o mundo como uma sucessão de fragmentos que batem uns contra os outros: isso mostraria, por exemplo, a lógica de uma língua contra a outra, ainda que originárias de um mesmo tronco como o francês e o português. Visto sob essa perspectiva simplista, veríamos em Agustoni uma poética do *souffle* que se opõe a outra, colorida e vibrante em português. Trata-se de uma sensação genérica, mas que poderia adquirir relevância, de fato, na constelação poética da autora. Porém, a essa dispersão que acentua oposições, sobrepõe-se o tensionamento: através dele, importa saber o porquê dessa ou daquela nuance aproximar, mais do que afastar, as poéticas em causa.

Quando a poeta escreve em português "o vento que mastiga minhas unhas" e em francês "la bise qui mâche mes ongles" é perceptível a oposição entre o traço genérico da palavra "vento" e o traço específico da palavra "bise". O "bise" é uma modalidade de vento frio e seco que sopra de nordeste a sudoeste através do planalto suíço. Isso equivale a dizer que nem todo vento é o"bise". Além disso, esse termo se refere ao beijo, cujas conotações de carícia e /ou violência têm a ver com as emoções humanas mais do que com o sentido denotativo do fenômeno da natureza. Há uma marca de especificidade no termo em francês que remete a um certo nível de sensações (frio, escuridão, nostalgia, solidão), diferentemente da referência genérica do termo vento, que evoca sensações de expansão, força, embate. O jogo de sentidos revela que esses poemas dialogam a partir de suas semelhanças, embora a ampliação do seu repertório crítico-criativo esteja vinculada às diferenças que a autotradução estabelece entre eles.

Esse aspecto – que não chega a ser uma novidade para os leitores e leitoras familiarizados com a tradução – se desdobra ao longo da obra da autora, a ponto de podermos pensá-lo como um de seus traços estilísticos. A par disso, sua poética encena os confrontos entre os idiomas sem, no entanto, investir na superação de uns pelos outros. Não há

143 AGUSTONI, Prisca. *Diario di bordo*. Belo Horizonte, 2015, p. 40.

interesse na submissão de um ou outro idioma, mas, ao contrário, no tensionamento das relações entre eles e seus respectivos ambientes socioculturais. Sob esse estado, que estimula a reconfiguração dos sistemas de fala e escrita, os interlocutores são convidados a se encontrarem no poema. Atentos ao verbo – que nos remete à fraternidade humana e ao desejo íntimo da deriva – os sujeitos "seguem o perfil das palavras,/ levados pela mão" e/ou "il suit le profil des choses/ ordinaires"[144].

Note-se que o ato de seguir as palavras está minado pela ambivalência: ao mesmo tempo que funcionam como coordenadas para o sujeito chegar a um significado, as palavras – pelo seu caráter polissêmico – sugerem uma paisagem onde se dispersam os seus muitos e possíveis significados. Sob o primado do pensar, Agustoni tensiona essas duas instâncias, mediante a seguinte indagação: por que o sujeito não produz sentido a partir do tensionamento entre o sentido estrito e a polissemia, ao invés da exclusão de uma ou outra possibilidade? Se isso não é possível na prática social que exige, na maioria da vezes, decisões pragmáticas, há que se fazer do poema uma circunstância propícia para essa experiência. Nesta, espera-se o surgimento de um sujeito aberto às sensações não convencionais, capaz de apreender o mundo por aquilo que ele é em termos de transformação e provocação. Num fragmento do livro *Un ciel provisoire*, a poeta esboça uma resposta a essas questões:

> je file le silence
> comme l'araignée suspendue
> au coin de la chambre,
>
> je file ce silence en brochant
> une histoire à l'envers,
>
> l'étrange tissu d'or et de feu
> qui nous tient, par alchimie,
> proches et inconnus
>
> comme deux anges gardiens
> qui veillent l'um sur l'autre, ravis
> au coin de la chambre[145]

---

[144] AGUSTONI, Prisca. *A recusa*. Lisboa, 2009, p. 18. Ver a autotradução *Le déni*, 2012, p. 21.
[145] AGUSTONI, Prisca. *Un ciel provisoire*. Genève,2015, p. 40.

O tensionamento não se dispõe, pelo que vimos até agora, a fechar questões ou a inibir a experimentação. Por isso, nada mais apropriado do que um lugar – céu ou inferno – provisório para entendermos alguns dos seus desdobramentos. Agustoni recupera a imagem da aranha para evidenciar que, mais do que o resultado da teia, o importante é compreender o processo de sua tessitura: suspensa, no canto do quarto, a aranha tece o que se destece ("une histoire à l"envers). Cientes desses movimentos, nos reconhecemos "proches et inconnus", semelhantes e diferentes ao mesmo tempo ("deux anges gardiens"). Não há, portanto, uma forma acabada para aquilo que o sujeito tece; noutras palavras, é por conta daquilo que ainda não tem forma que o sujeito faz e desfaz o já feito, recomeça o trabalho, perde-se e se reencontra, retorna para novamente partir.

O tensionamento projeta uma poética do pensar, pois implica numa problematização das experiências do sujeito e das relações sociais. Em função disso, esses fatos atravessam a poética de Agustoni sob a forma de uma linguagem rigorosa, que não cede ao apelo imediato da empatia. Há que se buscá-la no drama da linguagem que exprime e questiona o que exprime e que, ao mesmo tempo, se mantém atenta às mutações da realidade. Nos grandes e nos pequenos temas, esse drama recorda o sujeito sobre os movimentos que é preciso realizar, caso pretenda sentir-se agente do jogo social e não apenas peça conduzida por aspirações alheias às suas. O tensionamento demonstra ainda que não há radicalidade social senão nas poéticas que, internamente, se rebelam contra os artifícios retóricos e as normas do *status quo*. A isso se alinham as poéticas da recusa que abrem seus lugares nas cenas literárias, instando os interlocutores a apreendê-las, e a si mesmos, sob novas perspectivas.

Travessias

Retomamos, aqui, a seguinte questão: do ponto de vista estético, que mundo a poética de Prisca Agustoni repõe aos olhos de seus interlocutores? A questão foi levantada quando consideramos que essa poética não se restringe às vias traçadas pelos circuitos literários onde transita. Essa poética tangencia o limite da empatia com os interlocutores, à maneira do discurso lírico, mas, logo se explicita como um discurso que problematiza conceitos e valores estabelecidos. Isso não advém, por exemplo, da mescla entre poesia e ensaio, ou poesia e historiografia. É fato que os aspectos formais contam para as articulações de poéticas que reiteram e/ou alteram os modelos literários. Agustoni palmilha esse caminho, mesclando poemas em prosa com poemas em versos livres, versos sintéticos com versos de maior fôlego e vocabulário de línguas diferentes. Cientes disso, optamos por concentrar nossa atenção em outos aspetos, a saber: a construção de uma linguagem-fluxo, o trânsito como um lugar de recepção e o desenho de um *corpus* sem fronteiras. Esses aspectos, tensionados, instituem vozes poéticas que, valendo-se de interações e rupturas com modelos precedentes, instauram o seu próprio lugar e sua própria linha estética na cena literária. A essas poéticas chamaremos de clareira.

Ao se referir à aquisição de outra língua, Sylvia Molloy afirma que isso "é outra maneira de romper com o que é seguro."[146] Diríamos, por extensão, que ao ganho de um novo campo de comunicação, subjaz a ruptura com outro, no qual um certo nível de pertencimento estaria garantido para o sujeito. As observações de Agustoni acerca do seu processo de escrita demonstra essa relação complexa que, no ato de mudança de um idioma em outra, transforma a insegurança em aventura, a perda em aquisição e o isolamento em diálogo entre as diferentes *personae* que, ao fim, identificam o ser humano:

> Hay temas que prefiero desarrollar en un idioma más que en otro, pues tiene que ver con un universo (real o imaginario) en relación con el idioma. Hay experiencias vividas que necesitan la inmediatez del idioma donde yo las viví; hay situaciones vividas que prefieren esconderse o protegerse bajo el escudo de otro idioma; y hay momentos en que siento determinado idioma más íntimo y más propicio para que yo me abra a él como a mi mejor amiga.[147]

Um fato a se considerar é a existência de um tempo, de duração imprevisível, entre as possibilidades mencionadas. Nesse tempo, permeado de acentos emocionais como deixaram entrever Molloy e Agustoni, ocorre a construção de novas competências de expressão, a exemplo dos ritmos de fala, da alteração de gênero das palavras, da extensão das frases, etc que indicam estarmos diante de uma teia linguística e não apenas diante de uma língua específica. A reiteração desse tempo intermediário, associado à

---

[146] MOLLOY, Sylvia. *Viver entre línguas*. Belo Horizonte, 2018, p. 7.

[147] Cf. Agustoni "Un buen poeta es antes de cualquier cosa buen lector de poesía", In.: Vallejo & Co., III Festival Internacional de Poesía de Lima, 07 abril 2016.

teia linguística, estabelece uma frequência comunicativa que identificamos como linguagem-fluxo. Isto é, o sujeito interfere nesse tempo e nessa teia acrescentando e/ou extraindo substratos de diferentes processos de comunicação, no intuito de exprimir as vivências que, às vezes, não poderiam ser demonstradas com os recursos de um único idioma.

Nas poéticas em trânsito, a linguagem-fluxo se instaura no intervalo da escrita que ocorre simultaneamente entre os diferentes idiomas. Nesses tempos intermediários, desenha-se uma sensibilidade afeita à percepção de significados que, sendo novos, ratificam a concepçao da poesia como "tempo, ritmo perpetuamente criador".[148] Em termos práticos, é como se a autora de *A recusa* não estivesse apenas dentro de um registro linguístico, o italiano ou o português, por exemplo. Sua escrita transcorre num entretempo italiano e/ou português e/ou francês e/ou espanhol. A autotradução acentua o caráter deslizante dessa poética nascida entre línguas, cuja compreensão depende muito da leitura do conjunto da obra. Em um dos poemas de *Días emigrantes*, a poeta sinaliza a necessidade desse exercício em que a percepção do todo é fundamental para a compreensão dos fragmentos:

> quiero medir los ríos
>
> y viajar en barcos
> ignorante de mí[149]

Na autotradução Agustoni retira um texto de um lugar linguístico e o situa em outro, podendo reiterar essa prática entre várias línguas. Realizada de modo contínuo, essa prática forja uma escrita que está sempre na iminência de ser outra. Pode-se dizer que, internamente, trata-se de uma escrita em trânsito, cuja articulação se vincula à trajetória pessoal da poeta. Ao mesmo tempo, a recepção externa dessa escrita revela uma cena em que leitores de diferentes países acessam essa escrita com mais ou menos instrumentos a depender dos idiomas que dominam. Se considerarmos a ênfase conferida ao trânsito interno (como modo de criação) e ao trânsito externo (como modo de recepção) não será difícil notar que a lógica do trânsito é inerente à poética de Agustoni. Essa lógica, caraterizada como uma travessia de lugares, relaciona-se à lógica da linguagem-fluxo, caracterizada como o intercâmbios entre os tempos

---

148 PAZ, Octavio. *O arco e a lira*. Rio de Janeiro, 1982, p. 31.
149 AGUSTONI, Prisca. *Días emigrantes*. Belo Horizonte, 2004, p. 21.

de passagem de uma língua para outra. O tempo e o lugar dessa poética não se restringem à inércia pois, quando são estabelecidos, logo se movem, deixando rastros e apelos à sensibilidade dos interlocutores, como salienta um dos poemas de *Animal extremo*:

> é preciso preparar o corpo para sair
> enfrentar o espólio das horas que
> descarrilam, velozes, entre os carros.
>
> É preciso sim inventar
> novos paradeiros que acenam para
>
> endereço algum
> ou o caminho de volta
>
> mesmo que se perca
> o porquê do retorno
> é preciso apostar num roteiro
> num atalho qualquer
>
> e seguir procurando[150]

A linguagem-fluxo e a poética em trânsito configuram um *corpus* literário sem fronteiras, ainda que as línguas nacionais sejam elementos visíveis em sua composição. Contudo, nos referimos a um conjunto estético que atravessa essas línguas e os seus limites geográficos para constituir um território literário potencialmente livre. É interessante notar que, diante disso, instaura-se um problema de ordem jurídica. Como cidadã suíça, Agustoni encontra restrições para incluir suas obras em certames literários brasileiros, franceses ou de outros países de língua espanhola. Os editais desses certames, via de regra, exigem nacionalidade ou comprovante de naturalização dos inscritos. A barreira a um *corpus* sem fronteiras, como se percebe, não é de ordem estética, mas jurídica[151]. Por isso, falar num *corpus* sem fronteiras equivale a falar numa poética de crítica à exacerbação dos nacionalismos, que acirram as fronteiras geopolíticas e que, por extensão, reduzem as possibilidades de intercâmbio entre os imaginários culturais.

---

[150] AGUSTONI, Prisca. *Animal extremo*. São Paulo, 2017, p. 98.

[151] Recentemente, alguns concursos literários no Brasil têm viabilizado a participação de autores e autoras estrangeiro(a)s nos certames mediante a apresentação do visto de residência permanente no país.

Na contramão das restrições estéticas e geopolíticas, determinadas obras abrem em meio à cena das literaturas legitimadas um tempo-espaço que, devido às suas especificidades, tende a isolar essas obras. Diante delas, os interlocutores hesitam porque elas não se adequam, de imediato, às vivências estéticas reconhecidas. Considera-se nessas obras a afronta que fazem ao *status quo*. Às vezes, com atraso, reconhece-se que elas promovem uma ruptura necessária para que a própria cena literária continue existindo. Evidentemente Baudelaire, Rimbaud, Mallarmé e outros grandes nomes da modernidade servem de exemplo a esse argumento.

Em circunstâncias próximas, há nomes que palmilham essa mesma estrada, a exemplo daqueles que nos interessam para pensarmos a poética de Agustoni. Referimo-nos ao seu conterrâneo suíço Antonio Rossi (Maroggia, Ticino, 1952); ao croata Dubravko Pusek (Zagreb, Croácia, 1956), radicado na Suíça; aos brasileiros Eustáquio Gorgone de Oliveira (Caxambu, 1949 – São Paulo, 2012), Ricardo Aleixo de Brito (Belo Horizonte, 1960) e Josely Vianna Baptista (Curitiba, 1957); ao moçambicano Luís Carlos Patraquim (Maputo, 1953); e à portuguesa Ana Hatherly (Porto, 1929 – Lisboa, 2015). Por afinidades estéticas e por razões acadêmicas, Agustoni conhece os meandros das obras desses autores. Tal como eles, articula uma poética que tece, fio a fio, uma clareira nas cenas literárias que frequenta. Assim como as poéticas desses autores, a de Agustoni sugere a percepção do risco como uma das maneiras de se pensar o mundo. Em geral, sua poética não se entrega didaticamente para o deleite mas, sem refutá-lo, pede aos interlocutores que desenvolvam interpretações criativas para os textos.

Em sua poética, Agustoni vale-se da escavação metódica como um recurso que, por contraste, nos permite aproximá-la do pensamento de Octávio Paz, quando este considera o procedimento do poeta em face da palavra. Para o crítico, "[a] criação poética se inicia como violência sobre a linguagem. O primeiro ato dessa operação consiste no desenraizamento das palavras. O poeta arranca-as de suas conexões e misteres habituais: separados do mundo informativo da fala, os vocábulos se tornam únicos, como se acabassem de nascer. O segundo ato é o regresso da palavra: o poema se converte em objeto de participação."[152]

Por seu turno, Agustoni aproveita o rendimento da palavra tecida entre vários idiomas e submetida ao ritmo da linguagem-fluxo. Sua redescoberta da palavra se reveste de um caráter telúrico, pois decorre

[152] PAZ, Octavio. *O arco e a lira*. 1982, p. 47.

do ato de escavar no solo e na história, nos textos e na memória outras possiblidades de sentido. Assim como um fóssil, a linguagem em sentido amplo, e o vocábulo, em sentido estrito, estão cobertos por camadas de tempo e espaço, excessos de uso, aspectos, enfim, que resultam no seu desgaste. A poeta escava em busca dessa linguagem, num movimento de mergulho afetivo racionalmente articulado. Durante o trabalho de prospecção, tornam-se inevitáveis os embates com os valores do passado e do presente; tal fato revela a instabilidade que permeia as relações do sujeito com os seus semelhantes e o seu mundo.

Cumprida a etapa de escavação – oposta à do poeta que eleva a palavra e a devolve ao solo – tem-se a linguagem enredada por materiais díspares e desconectados da contemporaneidade. É preciso, portanto, trazê la à tona e ressignificá-la para que possa falar de todos os tempos e lugares, na medida em que captura as fendas inomináveis do ser humano. Eis o que indica o poema "intermezzo", incluído em *Diario di bordo*, no qual a estratégia da investigação constitui o núcleo do poema:

> bisongnerà attendere
> la secca
> perché le parole inzuppate
> maturino
> come fossili
> essicati nella terra.[153]

Em outro texto, do livro *Un ciel provisoire*, a palavra extraída do subsolo exibe os elementos que aderiram à sua supeficie. Identificá-los é ver a linguagem também como um palimpsesto sobre o qual a poeta interfere para extrair, manter ou acrescentar novas camadas:

> frotter les mots
> c'est allumer le journal intime du corps:
>
> au bout des syllabes
> mes ongles deviennent des lames subtiles
> qui s'enfoncent dans la langue
> pour en extraire
> le jus copieux du texte

[153] AGUSTONI, Prisca. *Diario di bordo*. Belo Horizonte, 2015, p. 26.

ainsi, frotter les mots
c'est éveiller les fantômes
qui glissent, sinueux,
parmi les dents,
entre les parois de la bouche
e les creux du coeur

là où la lumière demeure ètrangère
et n'importe quel plafond
devient um ciel provisoire[154]

Para Agustoni, numa perspectiva contrária à de Octavio Paz, para quem o poeta devolve os vocábulos ao mundo "como se acabassem de nascer", a palavra ressignificada não perde a memória de suas feridas. A palavra-fóssil é recuperada pela escavação e, ao esfregá-la, a poeta descobre, por força do atrito, as cicatrizes que não podem ser amortizadas: "c'est éveiller les fantômes". Reincorporada à atualidade, a palavra-fóssil desvela um sujeito que vive dilacerado entre o vivido e a utopia de algo a ser inaugurado. Uma visão reflexiva do trabalho poético considera, com igual relevância, os conteúdos e as potencialidades estruturais da palavra. Nesse caso, leva-se em conta a reiteração da palavra consagrada, a invenção de novos termos e a fixação de dialetos como elementos estruturantes, embora não exclusivos do poema. Os métodos utilizados para reconfigurar essa palavra, de modo a torná-la parte de uma experiência coletiva, complementa o processo criativo, como salienta Agustoni: "au bout des syllabes/mes ongles deviennent des lames subtiles/ qui s'enfoncent dans la langue/ pour en extraire/ le jus copieux du texte".

A linguagem-fluxo permite à poeta abordar temas que nascem do solo histórico-social, e tal aspecto abre uma porta de entrada ao conjunto de sua obra, colocando-nos diante de um sujeito que testemunha as questões pungentes de sua época. Contudo, esse testemunho não se fixa na superfície da escrita; ao contrário, mergulha e ascende, simultaneamente, para formar uma espiral de visões em relação aos fatos. Nesse sentido, a poética de Agustoni associa-se às de outras poetas-em-trânsito, tais como Vera Lúcia de Oliveira (Cândido Mota/ SP, 1958), docente na Università degli Studi di Perugia (Itália); Nathalie Handal (franco-americana de família palestina, Jerusalém, 1969) que vive entre Nova Iorque e Roma;

---

[154] AGUSTONI, Prisca. *Un ciel provisoire*. Genève, 2015, p. 10.

Golgona Anghel (Romênia, 1979) radicada em Portugal; Francesca Cricelli (Ribeirão Preto/ SP, 1982) com permanências e publicações em países como Islândia e Itália; Sarah Rebecca Kersley (Inglaterra, 1976) radicada no Brasil; e Marina Skalova (Rússia, 1988) residente na Suíça.

Trata-se, aqui, de algumas, dentre várias autoras contemporâneas, que articulam suas obras em línguas entrecruzadas. A partir das abordagens de vários idiomas, elas forjam um *modus* linguístico especificamente literário, que subsiste além das fronteiras políticas e nacionais.[155] Essas autoras, deslocadas de seus países por diferentes motivações, fazem desse *modus* linguístico uma utopia que – ante a incerteza de um território concreto – se nutre do embate entre sistemas literários locais e estrangeiros, do questionamento das funções da linguagem e da proposição de vivências subjetivas que destoam do repertório da lírica tradicional.

A propósito dessas autorias, é oportuno recordar Hugo Friedrich quando este observa que a poesia moderna "não quer mais ser medida em base ao que comumente se chama realidade, mesmo se – como ponto de partida para a sua liberdade – absorveu-a com alguns resíduos."[156] Na obra de Prisca Agustoni a realidade, costurada pela presença histórica de agentes reconhecíveis, pode ser analisada a partir de alguns temas, indicados a seguir. Salientamos que esses temas são resultado de um recorte crítico e, longe de reduzirem o alcance do *corpus* poético considerado, nos provocam a averiguar outras maneiras de apreendê-lo. Vejamos:

- as culturas populares e suas demandas sociais:

SERTÃO

Los héroes tienen hambre
y las hormigas
beatitudes en el estómago,

el dragón alegórico
con manos de doncella,

---

[155] A título de referência, ver: OLIVEIRA, Vera Lúcia de. *Tempo de doer/ Tempo di soffrire*. Roma, 1998; HANDAL, Nathalie. *Le vite della pioggia*. Roma, 2018. ANGHEL, Golgona. *Nadar na oficina dos pequenos*. Lisboa, 2018; CRICELLI, Francesca. *Repátria*. São Paulo, 2015; KERSLEY, Sarah Rebecca. *Sábado*. Salvador, 2018; SKALOVA, Marina. *Exploration du flux*. Paris, 2018.

[156] FRIEDRICH, Hugo. *A estrutura da lírica moderna*. São Paulo, 1991, p.16.

la boca de la esquina
se lo sabe todo de memoria,
el Sertão con sus fantasmas:

un rostro femenino
que son todas
las ofrendas sin agua,

todos en la tierna mañana
de mártires y de santos.[157]

- o devir feminino sob a opressão familiar e patriarcal:

Por anos fui
maçã degolada na mesa,

bagaço quase maduro.

Avessa à filiação,
encarno a ordem dos camaleões

embora as raízes
me firam como farpas.[158]

- o sujeito em face das rupturas e deslocamentos:

subindo a rua Rousseau
                um amigo
                inadvertido

ilumina minha gestação
                para o sul.[159]

- a difícil relação entre as pessoas em ambientes compartilhados:

Longe da luz, nos canos da pia, cacos de vida são engolidos pelas
artérias silenciosas do prédio que se alimenta dos seus resíduos
e os devolve em outro lugar, no coração pulsante da cidade

: o esgoto.

---

[157] AGUSTONI, Prisca. *Días emigrantes*. Belo Horizonte, 2004, p.49.
[158] AGUSTONI, Prisca. *A morsa*. Belo Horizonte, 2010, p.18.
[159] *Idem*, p. 47.

Lixo ligeiro como cílios ou dobras puídas de um sonho escorre
nas trincheiras e se junta às sobras dos outros, também frágeis,
para engrossar o novelo anônimo que desce

em direção a um fundo que ninguém sabe onde finda.[160]

- a contaminação dos espaços privados pela violência:

As janelas gravaram as digitais:

vidros contêm marcas
que nenhum laboratório analisará
pois o diagnóstico
já é claro

e não há cura contra essa dor[161]

- as tensões do discurso amoroso:

amanhã hei de te condenar
a nunca mais falar

pois espalhaste
o gosto de palavras proibidas
ao redor do meu corpo[162]

*

levou meus olhos
e prometeu devolvê-los
somente após o sal da boca[163]

- as relações da poesia com outras áreas:

. a HISTÓRIA:

incubo

il San Gottardo è un'insenatura

[160] AGUSTONI, Prisca. *Animal extremo*. São Paulo, 2017, p. 23.
[161] AGUSTONI, Prisca. *Hora zero*. São Paulo, 2016, p. 61.
[162] AGUSTONI, Prisca. *A recusa*. Lisboa, 2009, p. 28.
[163] *Idem*, p. 40.

nei capelli, i crisantemi freschi e
la penuria dei miei cari ritorni.

il San Gottardo non è lo stesso
da che ho lasciato i suoi formicai.[164]

. a FOTOGRAFIA:
scena urbana – Salvador

è di cotone, sì, è di cotone
il panno steso, il lenzuolo
della prima notte nuziale

le ortiche crescono, copiose,
tra le travi della cascina
intrecciate con la calce e i chiodi

mentre la città si affaccia
da lontano, ha sonno e si sveglia
lenta ma già scansa lo schiaffo
del sole, stanche le tegole
che scottano e riflettono
negli occhi di chi le guarda

l'insolente sorriso del tempo[165]

. a PINTURA:
MATISSE – *Nu bleu II*

No quarto branco
 um nu dança
  a parede.

O azul da memória
  reina quieto,

---

[164] AGUSTONI, Prisca. *Sorelle di fieno*. Belo Horizonte, 2002, p. 94. O poema se refere ao fato histórico que teve como personagens jovens suíças, da região do Ticino que, no início do século XX, cruzaram a "fronteira física e simbólica entre o sul e o norte [...] para serem empregadas como tecedeiras em internatos dirigidos por freiras, abandonando o universo mítico da natureza para entrar naquele histórico da produção industrial." (p. 7)
[165] AGUSTONI, Prisca. *Diario di bordo*. Belo Horizonte, 2010, p. 33. Poema escrito a partir da fotografia de Marcel Gautherot "Cena urbana, c. 1940-45, Salvador/ BA.

vigia quem sonha enquanto
tece

aquele aceno de graça
um salto uma vírgula

talvez um álibi
para o grito que se rende.[166]

Como frisamos, a maneira como cada poeta interfere no jogo de temas estabelece vozes que reiteram e/ou rompem os significados desse jogo. A ruptura decorre das perspectivas de interpretação do jogo e será mais profunda à medida que atentar para os movimentos dos temas e não apenas para os temas em si. Sob essa perspectiva interpretativa há que se reconhecer a existência de um *ethos* subjacente ao discurso poético que o torna efetivamente radical. Agustoni, à sua maneira, capta o *ethos* da dispersão e do tensionamento como eixos de sentido e não apenas como consequências de circunstâncias histórico-sociais. Esse *ethos* evidencia, à primeira vista, uma contradição que se resolve, por fim, numa proposição humanista e solidária. Ao nutrir-se da dispersão, a poética de Agustoni reitera o isolamento do sujeito, bem como as ruínas de suas heranças afetivas e materiais. Isso se explicita num discurso que beira à aporia, como se vê no poema "Trem", do livro *A morsa*:

Cruzamos paisagens
e quase volta-se
a uma lembrança
que não se quer lembrar.

Na foz da galeria
nos é dada
a mesma montanha
e outra face de nós mesmos:

estrangeiros
e avessos
ao instinto da língua.[167]

---

[166] AGUSTONI, Prisca. *Inventario di voci/Inventário de vozes*. Belo Horizonte, 2001, p. 27.
[167] AGUSTONI, Prisca. *A morsa*. Belo Horizonte, 2010, p. 22.

No retorno ao lugar de origem, aponta o poema, o sujeito não se reconhece naquilo que foi, daí a presença de "uma lembrança/ que não se quer lembrar". Fraturados, o sujeito e o lugar, resta lidar com uma identidade dispersa, já que no lugar ("a montanha") o sujeito encontra o desconhecimento de si e do seu coletivo ("nós"). A gravidade dessa constatação se resume na perda de sentido da própria língua. Nessa circunstância, o *ethos* da dispersão coincide com uma visão cética do mundo, na qual subjaz a recusa do encontro e da partilha. A morsa, nesse caso, torna-se o instrumento-metáfora através do qual a poeta analisa a condição de crise do sujeito em relação às suas escolhas de vida e à ordem social onde está inserido. Em relação a si, o sujeito se esmera em questionar as armadilhas do afeto e o porquê de sua fragmentação, apesar de se ver, tantas vezes, atrelado a um outro (amado/amada, pai/mãe, irmãos/companheiros). Em relação à ordem social, tem-se o sujeito, em particular o feminino, no embate contra a misoginia e o patriarcado, contra a submissão ao outro por conta do afeto, contra o boicote à competência feminina na articulação dos fatos e dos discursos da história. A lógica, enfim, do *ethos* da dispersão advém do acirramento da consciência crítica do sujeito, ou seja, quanto mais sabe sobre as incoerências do mundo, mais o sujeito a combate. Porém, nesse primeiro momento, dispersos sujeito e mundo, observa-se uma luta em *looping*, de um sujeito nostálgico que se sustenta ao afirmar:

> Semeei indícios na cidade
> pegadas que iluminem
> o caminho de volta
> qualquer via de saída
> em caso de incêndio.[168]

Porém, o gesto de "semear", carregado de promessas, insinua que, apesar da dispersão, é possível girar a chave para o tensionamento: sob essa ótica, o que parece improvável – o diálogo e o entendimento – se apresentam como uma condição a ser reconquistada. Onde parece extinto, o humano é redescoberto; onde parece diluída, a solidariedade é reativada. A coletânea *Sorelle di fieno* – atente-se para o título que contrasta com a *A morsa* – desencadeia o *ethos* do tensionamento, como se observa no poema "*ripostigli*":

> Si vive in apnea,
> totale insolazione.

[168] *Idem*, p. 36.

Nella scarsità irrompe l'eccesso,
e nel chiostro
sapersi isole
tra sorelle di fieno.[169]

O tensionamento viabiliza a criação de relações entre eventos díspares ("Na escassez irrompe o excesso") e de laços de solidaredade em situações de opressão ("no claustro/ nos sabemos ilhas/ entre irmãs de feno"). A força desse *ethos* reside no caráter simbólico da cultura, que atribui às práticas sociais valores imateriais. Em face disso, os sentidos que o sujeito confere às suas práticas podem ser fluidos e intercambiáveis, favorecendo a expansão de suas experiências. Isso representa, para poetas como Agustoni, a possibilidade de lidarem com uma poética referencial. Porém, para evitar que o excesso de realismo impeça a desmontagem ou a invenção de outras realidades, essas poéticas enfatizam os apelos estéticos que ultrapassam o caráter denotativo do discurso. Como observa Clécio Quesado, "o discurso poético é o processo de re-conhecimento estético que o sujeito faz do objeto real. Sua formulação consiste, pois, na remanipulação da significação, no estabelecimento de novas cadeias significantes para os significados já dados pelo conhecimento linear do sujeito sobre o objeto."[170]

O procedimento que cria "novas cadeias significantes" está na base da poética-clareira e projeta expectativas de reinvenção estética em meio às formas consolidadas do discurso poético. Embora vinculada a elas por traços como a familiaridade linguística e o ambiente de recepção, essa poética resulta do embate entre o sujeito e o objeto e da proposição de um campo sensível caracterizado por ser uma diferença em relação àquilo que conhecemos como a ordem do mundo. Estamos diante de uma tendência literária que se formula criticamente em relação ao *status* social predominante: se neste prevalece o pragmatismo e o desinteresse pelas vivências tecidas fora das cadeias de produção, naquela, entretanto, se ressalva a reflexão sobre o risco – e seus correlatos vivenciais como o mergulho, a fuga, o salto – como um exercício de superação de fronteiras nacionais, linguísticas, estéticas, etc. Isso se torna evidente nas situações em que o tensionamento nos remete, simultaneamente, aos ritos de agonia e renascimento, à crise da linguagem e à descoberta de um "inventário de vozes", ao isolamento e à confraternização entre os sujeitos.

---

[169] AGUSTONI, Prisca. *Sorelle di fieno*. Belo Horizonte, 2002, p.64.

[170] QUESADO, José Clécio Basílio. *O constelado Fernando Pessoa*. Rio de Janeiro, 1976, p. 17.

Poemas de Eustáquio Gorgone

Estava no quarto costurando, alta noite,
E meus dedos riam, sardonicamente,
Envolvendo-me em constante vozerio.
Abandonei a costura, dobrei os retalhos,
Tomei a tesoura e cortei as suas línguas.
Entrementes, eles riram com mais força,
Provocando a sagrada família de meus rins,
Tratando minha bexiga por amásia.
Angustiado, enfiei-os na chama da lamparina
E derramei mais líquido no bojo de vidro.
Ai, que desespero e agonia!
Abri as cortinas e vi as árvores quietas.
A menorréia da solidão cerzia a cidade
Com seu filamento.

(*Delirium tremens*)

Minas é lágrima sebenta,
moinho tocado pelo São Francisco.
A capital, mó desse engenho,
rói as suas fotografias.
Na Secretaria da Educação, ícones
parafusam as professoras.
Minas! Velhos dentistas
circunavegam os prédios públicos,
e freiras passam o ferrolho nos relicários.
Cortando as cobras em municípios,
estradas rasgam os sertões.
Minas! Incenso, doença, queimadas.

(*Minas*)

Cada saliva que te rói como lepisma,
cada legislador que abafa a tua boca,
cada rio que te afoga em venenos,
cada torre que te açoita com vitrais,
isso é Minas, enchente, sequidão,
anjo desfolhado a canivete,
mula carregada de montanhas.

Cada animal vendido no mercado,
cada pêssego banhado em enxofre,
cada vendedor manietado por impostos,
isso é Minas, enchente, sequidão,
musselina cristã sobre os bordéis.

(*Minas*)

Vejo Minas, chove.
Há Cristos de lama nas igrejas
e fardas no cinema.
Vejo águas, Gerais.
Há cidades imersas nos rios,
peixes nos hotéis de luxo.
Vejo Minas Gerais.
Depois da soleira,
o vento é de mármore.
Além das minas,
os amantes são estrábicos.

(*Minas*)

Não existem mais florações.
Agora é um deserto as Gerais.
Ninguém reconhece o fato
e falam das noctilúcias Minas.
Nas igrejas não existem quermesses.
Tudo o que era cor e música
não passa de latíbulo.
Às vezes, o cavalo aleijão
se esforça sobre os palanques.

O tempo não tem joelhos quebrados
e segue à frente dos discursos.

(*Minas*)

O TEMPO

Aves de crayon riscam o céu.
Exércitos vagueiam, igrejas
passam como polvilho

atrás do tempo.
Abelhas levam as noivas
para o favo das capelas.
Os dias passam como um cavalo
chicoteado pela cauda

atrás do tempo.
deixando marcas de parafina
nas bocas roliças e úmidas.
O rio faz sua maquiagem
com as fezes da cidade.
A guta-percha sobe nos leitos
atrás do tempo,
e o perfume do rosmaninho
sai à procura das sombras.

(*Sol versus sol*)

As flores da buganvília
caem sobre os telhados,
e os anjos de aletria fogem.
A passo lento, todos nós
somos apagados das praças.
Embora não seja fácil
incendiar velhos quarteirões,
também a cidade se transforma.
Em setembro, a primavera
invade os andaimes.
Só a loucura atenua o desgaste
das pedras e dos corações.

(*Litogravuras*)

Garganta passagem que tira a cor da maçã
estreita cidade
garganta
úvula das canções
onde passa o l mortal

pátio interno das vozes

<table>
<tr><td>das crianças e ladrões reunidos</td><td align="right">garganta</td></tr>
<tr><td>ninho de pincéis</td><td align="right">a</td></tr>
<tr><td>mocidade às moças</td><td align="right">uma a uma</td></tr>
<tr><td>garganta praça toda</td><td align="right">vermelha</td></tr>
<tr><td>dos pássaros medievais</td><td align="right">o céu</td></tr>
<tr><td>túmulo das perpétuas e</td><td align="right">lírios</td></tr>
<tr><td></td><td align="right">garganta</td></tr>
<tr><td>cordas do instrumento</td><td align="right">alheio.</td></tr>
</table>

(*Visitando a cidade*)

A idade vem nos envenenando
Da infância à velhice.
Alguns imigos são flores entre flores,
Imigos em garrafão de vidro opaco,
Escondidos na graveza existente.

É o crudelíssimo silêncio das escarradeiras
Onde flores se tornam cogumelos.

(*Comarca do Rio
das Mortes*)

Essas águas que passaram
Ainda vão passar.
Esses olhos que olharam
Ainda vão olhar.

Essas cidades que nasceram,
Aflorando da terra escura,
Ainda vão nascer.
Os morros branqueados pelo tempo
Ainda vão envelhecer.

E ainda o poço vai
Descer ao poço,
E os teares vão tecer
A própria veste.

(*Comarca do Rio
das Mortes*)

Às vezes, antes do poema,
Vamos à janela.
O céo não está no céo,
Nem flores proliferam
Flores.
Já se formou o mundo
E agora a luz repete
A luz.
Amor e solidão apenas
Palavras móveis:
As duas mãos do esmoler.

(*Comarca do Rio das Mortes*)

A   outra ponte
Poente artificial   arcos
Em sais de manganês, cobre.

Triste de ver os barcos em baixo
Roupão estendido sobre as águas.
O triunfo da corrosão, morte,
Cádmio e flores de enxofre.

(*Comarca do Rio das Mortes*)

O sol
É como alguém chegando ao orfanato,
Pão que perdeu o gosto no tempo,
Cravo e noz-moscada insepultos.

Desfeito por inúmeras ferretas,
Sua luz quebra-se nas torres.
Com ele nossa imagem inverna,
Miniatura presa em guta-percha.

Não há como exasperá-lo no poente.

A esta hora devem estar prontos
O tingimento e a secagem do poema.

(*Girassol fixo*)

Descrição dos dias: rastilhos,
Cerda de mil fios, encarvoada,
Sopro retido na flauta,
Fenda aberta em cristais.

Descrição das noites: rastilhos,
Burgo edificado em bauxita,
Encontro de dois penhores,
Memória afogada em rícino.

(*Girassol fixo*)

A casa, os antúrios, a talha,
Uma cesta de pinhas, o bálsamo,
Lábios folheados de amora.
Alguém atravessa o quarto.
A lousa, a janela, o pomar.
A cobra morde os anéis.
O novo hóspede é picado
E vive, deambula, observa.

(*Girassol fixo*)

Deixa o poema germinar.
Depois, será esquecido.
Instrumento sem uso, terá repouso.
Procura no arco-íris a cor serva,
aquela que há muito te acompanha.
Dê nome às tuas jóias
antes que pertençam a outro.
Ao amor vindo à tona, inconsútil,
deixa-lhe marcas de azul-tártaro.
E enquanto houver incenso nas palavras
confirma o abraço que não existe.

(*Passagem na orfandade*)

A luz já não existe nem flores
para oferendas.
Só janelas hospedando sombras.
Há pouco havia telas de alvaiade,
tomos dourados.
Agora penumbras conferenciam
suas heranças.
Várias estrelas perdem as coortes
em carvoarias.
E Vênus surge no horizonte,
incinerada.

(*Passagem na
orfandade*)

Não me recordo dos prontuários,
do nome dos arquivos e de quem
memorizava os documentos.
Sei que as nuvens chegavam em outubro
em forma de cupins e vitelos,
e as primeiras espigas eram douradas.
Sei que o alecrim tinha perfume;
a samambaia, tenras folhas.
Sei de algas, seixos, caramujos,
mas não me lembro da seção
onde estive por vinte anos.

(*Girassol fixo*)

Ler para os inimigos
a carta amiga; ler o olhar
dos bois antes da morte; ler
o quão inútil é para o lírio
o breviário; ler, na hora
do amor, a hora seguinte.
Ler o que não vem gravado,
a noite de perfil ao meio-dia.
Ler depois da cegueira.

(*O vazio segundo
o poeta*)

as atribuições de um pintor em Pouso Alto:

estudar as leis do escorço
copiar as instrucções dos mestres
desenhar flores do campo (macela alecrim malva)
pintar motivos garridos nos azulejos
elaborar temas para ladrilhos hydraulicos
retratar padeiros ferreiros estucadores
fazer aquarelas e vistas da cidade
esboçar figuras de mulheres sob o dístico *mirabile visu*
catalogar as obras de artistas nativos
cunhar bezerros em barro
ensinar caligraphia
estampar varandas quintais guarda-ventos
tesouras guizos dobradiças (em bico-de-pena)

observando as leis da constrição
antes que tudo se torne pó.

(Ossos naives)

como pintar espigas

em papel claro
molhado de pó
do céu para baixo
faça o douramento.

com pincel fino
do solo para cima
risca contornos
profundíssimos.

no centro da pintura
entre ventos amarelos
Majesta Domini
e a tua assinatura.

paisagens

na exposição *Paisagens*
de Pedro Rocha a estrada

avança papel adentro
[como se] [como se]
por alli nós estivéssemos
sob as sombras do lápis.

o fundo branco do suporte
cava sua luz no crayon
[porque] os destinos
são pigmentos casuais.

natureza-morta

corpos inertes.
na caixa de pintura
frascos panos tubos
óleos e pêlos da noite.
as maçãs de pura cera
sabem o que faríamos
se o tempo permitisse
a mobilidade.

por que não usar rosto
mui claro em pinturas.

o arqueamento pode se dar
entre os supercílios
e a tristeza vir à tona.

sob as sombras de face interna
o escuro pode alargar-se.

é inútil trabalhar os solventes
quando a secura dos lábios
espalha-se na luz dos olhos.

recomenda-se pano virgem
que nunca foi tingido
ou linho em trama firme
que suporte o sofrimento
dos pincéis.

por que não se deve
pintar novo amor em
linho usado.

antes o corpo no bastidor
que as telas já pintadas.

se não houver outro suporte
e o linho voltar ao quadro
cuida bem dos vernizes.

às faces dá mais películas
do que é de hábito fazer.

sabe-se que o sofrimento passa
de uma imagem para a outra.

vista de Pouso Alto
tomada de alhures

grupos de verdes
forram a paisagem:
montanhas igrejas
e o azul dos amarelos.
à direita do quadro
a contra-emboscada:
pó de vermelho
deambulando.

na rua central os solventes
lutam contra os secantes.

(*Ossos naives*)

A poesia vai sendo assim
escrita, cardo-santo no
estômago. Aos poucos,
outra luz na noite,
azul que costura o corpo
das crianças. Em glebas
os fonemas se encontram,
os amargos e doces.
A poesia vai sendo assim
escrita. Enquanto
houver tardes, âmbulas,
cada palavra será guardada
em óleos santos.

(*Visitando a cidade*)

Poemas de Prisca Agustoni

1. CHAGALL
Les amoureux

Gli innamorati
si tengono nelle oscurità.
Se chiudono gli occhi
possono vedere

la città negli specchi.

2. MATISSE
Nu bleu II

Nella camera bianca
un nudo danza
la parete.

Blu della memoria
regna quieto,

sovrasta chi mentre sogna
tesse

quell'accenno di grazia
un salto una virgola

forse un alibi
per il grido che s'arrende.

3. MORANDI
Paesaggio

Luce,
opinione di meraviglia.
Una gioia contenuta.

Il cielo non serve,
s'infiltra nel quadro
discretamente.

La collina
ha spaventi d'uomo,
i primi baci sciupati.

4. VEREFKIN

Albero rosso

Educati al pensiero.

Così anche il riposo è rosso
e l'anima si movimenta
nelle notti indicibili.

Mi trovo pacata nei labirinti
che infuocano gli occhi.

5. MODIGLIANI

Giovane ragazza

Tutta la grazia.

Ho mani antiche,
con serpenti alla punta dei giorni.

È costante il risveglio
che feconda le vele,
quando in me disabita il mare.

6. DNAR ROCHA

Paesaggio del mio quartiere

A volte la voglia della terra.
Ossessione di un colore
perfetto per la vita.
Le montagne dune profonde
che portano vigilie

e caravelle

(Inventario di voci)

ESQUINA

La pasión desborda
las esquinas.

Aquí una botella
para los santos
que cuidan
de las floraciones.

Allá um hombre
espanta la mordedura
reformando su cuarto
de cartón.

(*Días emigrantes*)

LA OTRA YO

Crece el musgo sobre tus párpados.
Y se detiene el anochecer
alrededor de tus miedos.
No se sabe nada del hogar
ni de tus incansables muertes,
mientras caen estrellas
en tu acuario.

*

Dejadme ser esencial,
sin ojos absolutos.
Vestiré mis labios con velludo
y rezaré junto a los hipocampos
igual ola persistente.

(*Días emigrantes*)

SAN MIGUEL DE LAS CAJAS

p/ Jesús Morales Bermúdez

Algún día
nos enfrentaremos
con la milpa.

Porque todos nosotros
venimos de la mansión
donde asentamos la siembra.
Somos dueños del silencio,
y emergimos postumos.
Nuestro *ordo amoris*
abraza el *Corpus Dei*
y las mazorcas,
pues es un único destino.

Si nos vence el camino,
el encuentro no se interrumpe.
Llevamos cajas parlantes,
domingo tras domingo
una urdidumbre repetida.

La naturaleza es áspera,
por eso llevamos iglesias
en el estío interior.

(*Días emigrantes*)

La piazza era gremita di cappelli,
le donne con l'agnus dei al collo. *lettere di viaggio*

Nessuno sapeva come partire
per davvero. Il mare era
quasi un'invenzione.

Galassia d'acqua.

Ciò nonostante,
tutti lì in fila ad aspettare
la notte dei diaspri e dei coralli.

(Diario di bordo)

Nell'atrio di Congonhas do Campo
issarono un palco — *Il profeta Jonas*

con anomalie e delizie
che perdonano, delle montagne,

le piaghe,
germinando bromelie.

In Jonas il conflitto prende corpo,
profilo angosciato,

mentre i chiodi lapidano
un esilio nella pietra

(Diario di bordo)

1.

Dal porto
aspetto impaziente — *scena fluviale*
il passaggio della caravella
in passato colma di schiavi
che ritorna
ancora e ancora
dalla storia
e minaccia attraccare,
ne sono certo,
a qualsiasi momento

2.

sono nudo e crudo
davanti a questa visione
di gente in perenne
attesa di parto

(Diario di bordo)

em camadas deita-se a poeira
sobre as coisas, no vidro, no jarro
antigo das flores roxas,
ponto de apoio dos olhos,
na soleira, quase dentro

para limpar a memória dos espelhos
é necessário tirá-los, eliminar os pregos,
ignorar as fendas nos muros
que se abrem, devagar
mudas bocas a invocar a paz

os olhos, por certo, às vezes ignoram
quem deambula pelos espelhos
para evitar que a morte
passe perto demais do coração

(Hora zero)

toda a noite sentada na cozinha
as costas na parede
a faca na mão

penso nos homens no front de guerra
nas mulheres com sujos aventais
suas faces vermelhas

e a poesia, inesperada,
amola a lâmina entre minhas mãos

(Hora zero)

il y a dans ton corps
des chambres invisibles
où les bras reviennent nombreux
serrer le vide

ou surprendre l'intention des mots
à l'abandon au milieu de l'hiver

(Le déni)

je connais le défi
de ta langue qui se penche
sur moi,
clandestine comme la lumière
dans un écran
qui projette, soudain,
le noir

(Le déni)

dentro da noite,
pouco antes do presságio,
abrir a porta
          definitiva
da floração corporal:

     despidos de nós
     celebramos por horas
     nossa túmida tragédia

(Casa dos ossos)

Celebramos um pacto.
Os lábios maduros sangram
e a mão afasta seu alvo:
as senhas não abrem o corpo,
são dígitos sem memória.

Celebramos um pacto
abrindo as rubras veias da noite.

(Casa dos ossos)

surge, de repente
a perverter
o litoral dos ossos

: desprende-se
quase hostil
e curva o horizonte

erógeno
e totalmente inóspito

um fêmur

(Casa dos ossos)

Começo da tarde, forçaram a porta.

Estava sentado, quieto na cadeira de palha na cozinha, suas mãos ainda agarradas no radinho de pilha. O abajur ligado apesar do sol claro, seu corpo docemente virado para trás. Parecia cochilar.
O rádio anunciava as previsões do tempo para as próximas 24 horas. "Durante o dia, ventos moderados vindos do sudeste, à noite queda acentuada da
temperatura, 0 graus a 1000 metros, amanhã chuvas fracas misturadas com neve. Recomenda-se o uso dos pneumáticos de inverno até para quem circula na cidade".

Era de fato um homem feliz.

(Animal extremo)

Alta madrugada, violaram o segredo da fechadura.
Ninguém percebeu, ninguém acordou.
De orelhas em pé, os gatos andaram dias a fio pelos cantos do quarto.
Pareciam desenterrar o espírito de cada coisa.

Depois, alguns objetos mudaram de lugar.

Hoje ainda as vemos ali, de raspão, as mãos que se foram.
Sombras da vida que por aqui passou.
E grita uma dor no espaço vazio.

A lembrança surge, aos poucos, e devolve algo daquela presença,
um eco que chega atrasado,
e já é outro

estranha forma de nos entregar ao abandono.

(Animal extremo)

Há essas lembranças que se arrastam pelas paredes, ágeis e leves como aranhas, e invadem o quarto da memória.

Elas vazam por qualquer fresta através dos anos como se fossem canos entupidos, rua afora. Nada podes contra essa fuga. Resta aguardar a volta daquilo que escapa de ti,

tal como esperamos, desde sempre em vão, a volta da infância.

(Animal extremo)

Tem-se as cadeiras de palha ao redor da mesa.
Tem-se a mesa e alguns desenhos espalhados sobre ela.
Tem-se as xícaras nuas e frias da véspera.
Tem-se aquelas manchas no chão – será café, tinta, resíduos de terra ou outra coisa?
Talvez more sozinho – não se escutam vozes há semanas.

Somente esse deslizar de cadeiras, esses entalhes, esses frisos, esses rastros nas tábuas.
Ás vezes um lápis afilado, outros dias um suspiro de papel rasgado.
Tem-se também umas pinceladas semeadas ao longo do corredor, como indícios largados no local do crime.
A vizinha relata as frequentes visitas de uma mulher, mas nenhum grito, explosão nenhuma de alegria ou de prazer foi detectada. Ela cola o ouvido à parede, espreme o silêncio como uma laranja. Mas nenhuma gota sai e o mundo do outro lado segue suspenso.

Eis porque, secretamente, todos os chamam – o apartamento 101 - de o quarto de Van Gogh.

(Animal extremo)

frotter les mots
c'est allumer le journal intime du corps :

au bout des syllabes
mes ongles deviennent des lames subtiles
qui s'enfoncent dans la langue
pour en extraire
le jus copieux du texte

ainsi, frotter les mots
c'est éveiller les fantômes
qui glissent, sinueux,
parmi les dents,
entre les parois de la bouche
et les creux du coeur

là où la lumière demeure étrangère
et n'importe quel plafond
devient un ciel provisoire

(un ciel provisoire)

depuis ce balcon sur l'été
je vois les fenêtres des immeubles en face
un collier de lucioles au loin
enfilés au cou de la nuit

ces lumières de chambres à personne
elles tombent, tout à coup
comme si on fermait les yeux
pour un instant,

une après l'autre
en procession
elles glissent vers le silence
comme des bougies dans une église
qui brûlent cire et espoir pendant des heures,

ces fenêtres de la ville
brûlent ce soir les coins du ciel
là où je t'attends, en priant pendant des heures
sur ce balcon en pleine été

(un ciel provisoire)

Tu croyais connaître, vraiment, les chambres de ta maison. Non seulement les chambres, mais le couloir, surtout le long couloir placé au milieu de rien, dont les murs, hauts et blancs comme des voiles ouvertes, ont conduit, pendant tous ces mois de splendeur, les raccourcis du chat, les premiers pas du bébé, les faux secrets de l'amour. Le vent en poupe, tu te réjouissais. Tout, tout déjà sur la paume de ta main ou dans ta mémoire comme, à tes pieds, apprise par coeur, jour après jour, la carte imaginaire de la ville que tu aimes. Les rues, les coins, les places, les jardins, les bancs, les pigeons.

Ou alors la carte de la navigation, trois fois le tour du monde en cette poignée de mois. Sans jamais sortir de chez soi.

Les clés de la maison dans ta main, tu te croyais au paradis.

Tu le croyais tellement que tu en as presque oublié le sens.

Presque.

(un ciel provisoire)

Tu croyais connaître le silence de ton quartier.
Mais depuis ce jour-là, les chiens ont commencé à aboyer. Au loin, tout d'abord.
Tu ne les avais jamais perçus avant, il paraît. En tout cas, ils aboyaient, ça c'est sûr.
Au loin, au début.
Et ils se sont rapprochés.
Et ils se rapprochent encore.
Petit à petit, doucement.
Par troupeau.
Chaque jour un peu plus près de nous.
Ça c'est sûr.
Jusqu'à ta porte d'entrée.

C'est bon, tu acceptes, tu te dis que ça va, faut pas avoir peur.

Et tu ouvres enfin la porte en fermant les yeux.

(un ciel provisoire)

REFERÊNCIAS

O CÍRCULO E O QUADRADO
Ou a poesia-mundo de Eustáquio Gorgone de Oliveira

1 - Publicações de Eustáquio Gorgone de Oliveira

. *Delirium-tremens*. Rio de Janeiro: Editora Pongetti, 1974.

. *Minas*. Caxambu: Ed. do Autor, 1983.

. *Fuzis leporinos*. Caxambu: Ed. do Autor, 1983.

. *Sol versus sol*. Caxambu: Gráfica ABC, 1984.

. *Litogravuras*. Caxambu: Gráfica ABC, 1984.

. *Visitando a cidade*. Caxambu: Ed. do Autor, 1985.

. *Exercícios*. Caxambu: Ed. do Autor, 1986.

. *Comarca do Rio das Mortes*. Caxambu: Ed. do Autor, 1990.

. *Tear de imagens (antologia poética)*. Juiz de Fora: edições d´lira, 1990.

. *Girassol fixo*. Juiz de Fora: edições d´lira, 1995.

. *Passagem na orfandade*. Juiz de Fora: edições d´lira, 1999.

. *Pouso Alto*. Caxambu: Ed. do Autor, 2002.

. *O vazio segundo o poeta*. Caxambu: Ed. do Autor, 2002.

. *Talho-doce*. Caxambu: Ed. do Autor, 2002.

. *Manuscritos de Pouso Alto*. Juiz de Fora: Funalfa Edições; Rio de Janeiro: Editora 7Letras, 2003.

. *Ossos naives*. Juiz de Fora: Funalfa Edições; Rio de Janeiro: Editora 7Letras, 2004.

. *Rubra casca*. Caxambu: Ed. do Autor, 2002.

. *A janela do verbo assistir*. Belo Horizonte: Fundação Clóvis Salgado, 2006.

. *O cavalo e a sombra*. (inédito).

. *Três verbos ajoelhados*. (inédito).

. *A fortaleza de feno*. Caxambu: Ed. do Autor, 2009.

. *O epílogo insepulto*. (inédito).

. *Antologia poética (1974-2010)*. Curitiba: Kotter Editora, 2022.

PARTICIPAÇÕES EM ANTOLOGIAS

. *Ler* (Revista de Cultura), n°4. João Pessoa, PB: Ideia Editora, 1991.

. *Literatura* (Revista do Escritor Brasileiro), n° 1. Brasília: João Scortecci Editora, 1992.

. *Dimensão* (Revista Internacional de Poesia), nº 14, 18, 22, 24, 28, 30. Uberaba, MG.

. *Antologia da nova poesia brasileira* (Org. Olga Savary). Rio de Janeiro: Hipocampo, 1992.

. *International Poetry Review:* Brazil Issue. Greensboro (USA): University of North Carolina, spring, 1997. Antologia organizada e traduzida por Steven White.

. *Ricerca research recherche.* Lecce (Itália): Dipartimento di Lingue e Letteratura Straniere – Universitá degli Studi di Lecce,nº 4. 1998. Cinco poemas do autor foram traduzidos, para esta revista, por Vera Lúcia de Oliveira.

. *Meteora* (I Cinque Elementi). Palazzolo sull`Ogli (Itália): Centro Artistico e Culturale di Palazzolo sull`Oglio, 2000.

. *Anto* (Revista Semestral de Cultura), nº7. Amarante (Portugal): Edições do Tâmega, 2000.

. *A Cigarra* (Revista Literária), nº35. Santo André: São Paulo, 2000.

. *Augusta* (Revista Semestral de Poesia). João Pessoa, PB: Idéia Editora, 2000.

. *Helicopetero*, V. 3-4. A bilingual edition. Poems translations to English / Castellano: Leslie Bary. Eugene: Oregon (USA), 2000.

. *Semicerchio: rivista di poesia comparata.* Firenze (Itália): Patrocinio del Dipartimento di Teoria e Documentazione delle Tradizioni Culturali, Facoltà di Lettere e Filosofia di Arezzo, Univ. di Siena, nº XXVI-XXVII, 2002. Seis poemas do autor foram traduzidos, para esta revista, por Prisca Agustoni.

. *Poesia em Movimento* (Org. Jorge Sanglard). Juiz de Fora: Editora UFJF, 2002.

. *L`Ortica* (Pagine trimestrali di informazione cultural), nº.90. Forlì (Itália): Centro Culturale L`Ortica, 2003.

. *Orfheu* (Poesia Contemporânea). Juiz de Fora: FUNALFA, 2004.

. *Poesia de Bolso* (Circuito de Literatura), nº8. Ipatinga, MG: Clube dos Escritores de Ipatinga, 2008.

. *Oiro de Minas:* a nova poesia das Gerais (Org. Prisca Agustoni). Cascais (Portugal): Ardósia Associação Cultural, 2008.

. *Il Corpo Dissonante* – cinque poeti brasiliani contemporanei (A cura di Prisca Agustoni). Lugano/ Svizzera: Editore Alla Chiara Fonte, 2008.

. "Poesie di Eustáquio Gorgone de Oliveira" (A cura di Prisca Agustoni). In: *Viceversa letteratura 5*. Bellinzona/ Svizzera: Edizioni Casagrande, 2011.

2 - Teoria

AGUSTONI, Prisca (trad. e org.). *Il corpo dissonante:* cinque poeti brasiliani contemporanei. Lugano: Alla Chiara Fonte editore, 2007.

AGUSTONI, Prisca (org.). *Oiro de Minas:* a nova poesia das Gerais. Lisboa: Pasárgada/ Ardósia Associação Cultural, 2007.

AGUSTONI, Prisca (trad. e org.). "Poesia brasiliana contemporanea: i poeti dell'Abre Alas di Minas Gerais –1980-2000". In: *Semicerchio: rivista di poesia comparata*. Firenze/ Italia: Casa Editrice Le Lettere, nº XXVI-XXVII, 2002.

AGUSTONI, Prisca (trad. e org.). "Poesie di Eustáquio Gorgone de Oliveira". In: *Viceversa letteratura 5*. Bellinzona/ Svizzera: Edizioni Casagrande, 2011.

ALVERGA, Alex Polari de. *Inventário de cicatrizes*. 2. ed. Rio de Janeiro: Comitê Brasileiro pela Anistia; São Paulo: Teatro Ruth Escobar, 1978.

ALVERGA, Alex Polari de. *Camarim de prisioneiro*. São Paulo: Global Editora, Coleção Poesia Necessária n. 1, 1980.

BITTENCOURT, Esther Lúcio. "Morrem os poetas Eustáquio Gorgone e Toninho Godfredsen". In: Jornal *Primeira Fonte*. Caxambu, domingo 15 de abril de 2012. http://primeirafonte.blogspot.com/2012/04/morrem-os-poetas-eustaquio-gorgone-e.html

BOSCHI, Caio César. *Os leigos e o poder:* irmanandades leigas e política colonizadora em Minas Gerais. São Paulo: Ática, 1986.

BRASIL, Assis (org.). *A poesia mineira no século XX*. Rio de Janeiro: Imago, 1998.

CAMPOS, Augusto de; PIGNATARI, Décio e CAMPOS, Haroldo de. *Teoria da poesia concreta:* textos críticos e manifestos 1950-1960. Cotia: Ateliê, 2006.

CÉSAR, Guilhermino. Guilhermino César em nota introdutória ao livro *Minas Gerais – terra e povo*. Porto Alegre, Editora Globo, 1970.

DUARTE, Constância Lima (org.). *Dicionário biobibliográfico de escritores mineiros*. Belo Horizonte: Autêntica, 2010.

DURAND, Gilbert. *As estruturas antropológicas do imaginário:* introdução à arquetipologia geral. Trad. Hélder Godinho. São Paulo: Martins Fontes, 2012.

EAGLETON, Terry. *Teoria da literatura:* uma introdução. Trad. Waltensir Dutra. São Paulo: Martins Fontes, 2001.

FILHO, Hildeberto Barbosa. "A poesia seminal de Eustáquio Gorgone". In.: *O Norte*, João Pessoa/PB, 9 de maio de 1999.

HOLLANDA, Heloísa Buarque de. *Impressões de viagem:* CPC, Vanguarda e Desbunde – 1960-1970. 2 ed. São Paulo: Brasiliense, 1981.

LATIF, Miran de Barros. *As Minas Gerais*. Rio de Janeiro: Agir, 1960.

LIMA, Ricardo Vieira (org.). *Roteiro da poesia brasileira anos 80*. São Paulo: Global, 2010.

MAGALHÃES, CRISTIANE MARIA. "Obras rústicas e ornamentos: os artífices e a técnica da *rocaille* para jardins e parques urbanos no Brasil entre o final do século XIX e o início do XX", In.: *Anais do Museu Paulista: História e Cultura Material*, São Paulo vol. 25, nº 3, set./dez. 2017. http://www.scielo.br/pdf/anaismp/v25n3/1982-0267-anaismp-25-03-19.pdf

MATOS, Greório de. *Poemas escolhidos*. Seleção, prefácio e notas José Miguel Wisnick, São Paulo: Companhia das Letras, 2010.

NEVES, Jose Alberto Pinho. *Dnar:o silêncio das imagens*, Juiz de Fora, MG: [s.n.], 2007.

OLIVEIRA, Eustáquio Gorgone de. *Jardins esquecidos*. (brochura). Caxambu, s/d. EDA-BN Registro: 319.516 L. 584 Fls. 176. Proibida a venda – Exemplar gratuito.

RIBEIRO, Gilvan P.. "A poética de Eustáquio Gorgone de Oliveira". In: *Tribuna de Minas*, Juiz de Fora, novembro de 1995.

RUFFATO, Luiz. "Elogio da amizade". In.: *África 21*. Luanda, setembro 2012.

SAVARY, Olga. *Antologia da nova poesia brasileira*. Rio de Janeiro: Fundação Rio/Hipocampo, 1992.

SANGLARD, Jorge (org.). *Poesia em movimento: antologia*. Juiz de Fora: Editora da UFJF, 2002.

SANGLARD, Jorge. "Três décadas de poesia como reordenamento do caos". In: *O Primeiro de Janeiro* – Suplemento "das Artes das Letras". Porto, 23 de outubro de 2006.

SIRKIS, Alfredo. *Os Carbonários*: memória da guerrilha perdida. 14 ed. Rio de Janeiro: Record, 1998.

SISCAR, Marcos. *Poesia e crise:* ensaios sobre a "crise da poesia"como topos da modernidade. Campinas: Editora Unicamp, 2010.

WALTY, Ivete Camargos. "Cordeiro imolado: um estudo da violência nas cartas da prisão de Frei Betto". In: CAMPOS, Maria Helena Rabelo e MENDES, Nancy Maria (orgs.). *Ensaios de semiótica – Cadernos de Linguística e Teoria da Literatura*. Belo Horizonte: Faculdade de Letras, Depto. DeLinguística e Teoria da Literatura, Ano III, No. 6, dezembro de 1981, p. 87-97.

WHITE, Steven (org.). *International Poetry Review*. Greensboro: The University of North Carolina, Department of Romance Languages. Vol. XXIII, Number 1, Spring 1997.

3 - Fontes na Internet

REVISTA Agulha (www.revista.agulha.nom.br/eus.html)

REVISTA Tanto (www.tanto.com.br/Eustaquio.htm)

REVISTA Germina (www.germinaliteratura.com.br/2009/eustaquio_gorgone.htm)

A PALAVRA E A FRONTEIRA
Dispersão-tensionamento na poética de Prisca Agustoni

1 – Publicações de Prisca Agustoni

POESIA

. *Inventario di voci/ Inventário de vozes*. Belo Horizonte: Mazza, 2001.

. *Sorelle di fieno/ Irmãs de feno*. Trad. Edimilson A. Pereira. Belo Horizonte: Mazza, 2002.

. *Días emigrantes y otros poemas*. Belo Horizonte: Mazza Edições, 2004.

. *La morsa*. Lugano: Alla Chiara Fonte, 2007.

. *A recusa*. Lisboa, Pasárgada, 2009.

. *Casa delle ossa*. Lugano: Edizioni Opera Nuova, 2010.

. *Le déni*. Genéve: Samizdat, 2012.

. *Poesia scelta. 2000-2012*. Novara: Ladolfi Editore, 2013.

. *Un ciel provisoire*. Genéve: Samizdat, 2015.

. *Diario di bordo*. Belo Horizonte: Mazza, 2015.

. *Hora zero*. São Paulo: Patuá, 2016.

. *Casa dos ossos*. Juiz de Fora: Edições Macondo, 2017.

. *Animal extremo*. São Paulo: Patuá, 2017.

. O *mundo mutilado*. São Paulo: Editora Quelônio, 2020.

. *L'ora zero*. Como: Lietocolle, 2020.

. *Lingua sommersa* (plaquete).Treviso: Isola, 2021.

. O *gosto amargo dos metais*. Rio de Janeiro: Editora 7 Letras, 2022.

. *Verso la ruggine*. Novara: Interlinea Edizioni, 2022.

. *Entre o que brilha e o que arde*. Cotia: Urutau, 2022.

. *Rastros* (plaquete). São Paulo: Luna Parque/ Fósforo, 2022.

. *Pólvora*. Juiz de Fora: Edições Macondo, 2022.

PROSA

. *A neve ilícita*. São Paulo: Nankin, 2007 (contos, em português).

. *Cosa resta del bianco*. Mendrisio: GCE, 2014 (contos, em italiano).

Ensaio

. *O Atlântico em movimento: signos da diáspora africana na poesia contemporânea de língua portuguesa*. Belo Horizonte: Mazza Edições, 2013.

Literatura Infantojuvenil

. *Coleção Bilbeli*. 14 contos breves para alfabetização. Juiz de Fora: Franco Editora, 2002-2003.

. *A menina do guarda-chuva invisível*. Juiz de Fora: Franco Editora, 2002.

. *Histórias de longeperto*. Juiz de Fora: Franco Editora, 2004.

. *O colecionador de pedras*. Ilustração de André Neves. São Paulo: Paulinas, 2007.

. *O mundo começa na cabeça*. Ilustração de Tati Moés. São Paulo: Paulinas, 2010.

2 – Teoria

DE MARCHI, Pietro (a cura di). *Giorgio Orelli: giorni della vita*. Mendrisio: Casa Croci, 2011.

ELIOT, T. S.. *Ensaios*. Trad. Ivan Junqueira. São Paulo: Art Editora, 1989.

PEREIRA, Edimilson de Almeida. *Entre Orfe(x)u e Exunouveau:análise de uma estética de base afrodiaspórica na literatura brasileira* . Rio de Janeiro; Azougue, 2017.

AGUSTONI, Prisca e PEREIRA, Edimilson de A.. *Traduzioni/ Traduções*. Belo Horizonte: Mazza, 1999.

AGUSTONI, Prisca (org. e trad.). "Poesia brasiliana contemporanea: i poeti dell'Abre Alas di Minas Gerais –1980-2000". In: *Semicerchio: rivista di poesia comparata*. Firenze/ Itália: Casa Editrice Le Lettere, nº XXVI-XXVII, 2002.

AGUSTONI, Prisca. "Poesie". In: *Ricerca Research Recherche*. Lecce (Itália): Dipartimento di Lingue e Letterature Straniere, Università degli Studi di Lecce/ Edizioni Milella di Lecce Spazio Vivo, nº 8, 2002.

AGUSTONI, Prisca. "Las señoras de la casa y del cielo: la mujer y lo sagrado en la cultura popular brasileña". In: LIENHARD, Martin. (org.). *Ritualidades latinoamericanas: un acercamiento interdisciplinario*. Madrid: Iberoamericana. v. 1, p. 195-212, 2003.

AGUSTONI, Prisca (org.). *Poesia italiana contemporânea: cinco poetas*: Massimo Scrignoli, Antonio Rossi, Andrea Trombin Valente, Stefano Raimondi, Giovanni Orelli. In: *Jandira*. Juiz de Fora /Brasil, setembro 2004, n° 1.

AGUSTONI, Prisca (org.). *Elisa Biagini. A poesia italiana do corpo e dos objetos vivos*. In: *Suplemento Literário de Minas Gerais*. Belo Horizonte, n° 1267, 2004.

AGUSTONI, Prisca. "Paula Tavares: ex-votos". In: *Scripta* (PUCMG), Belo Horizonte, v. 7, n.15, 2004.

AGUSTONI, Prisca (org. e trad.) *Cerimonia di passaggio*. Antologia poetica di Paula Tavares. Napoli: Heimat Edizioni, 2006.

AGUSTONI, Prisca. "A circularidade inacabada de Paula Tavares". In: *Cadernos Cespuc de Pesquisa*. Belo Horizonte: PUC Minas, v. 16, p. 73-96, 2007.

AGUSTONI, Prisca (org.) *Oiro de Minas: a nova poesia das Gerais*. Lisboa: Pasárgada/ Ardósia Associação Cultural, 2007.

AGUSTONI, Prisca (org., trad. e introdução). *Il corpo dissonante: cinque poeti brasiliani contemporanei*. Lugano: alla chiara fonte editore, 2007.

AGUSTONI, Prisca (org. e trad.). *L'albero dei nomi* [de Edimilson de Almeida Pereira]. Turim: Edizioni Torino, 2009.

AGUSTONI, Prisca. *Transparências*. Seleção e tradução de textos de Julien Burri. Belo Horizonte: Mazza/ Edições Sans Chapeau, 2011.

AGUSTONI, Prisca. "Las islas y sus cicatrizes: diálogos caribenhos". In: Bolaños, Aimée. (org.). *Voces negras de las Américas: diálogos contemporáneos*. Rio Grande: Editora da Furg, v. 1, p. 243-260, 2011.

AGUSTONI, Prisca. *O Atlântico em movimento: signos da diáspora africana na poesia contemporânea de língua portuguesa*. Belo Horizonte, Mazza Edições, 2013.

AGUSTONI, Prisca. "Un buen poeta es antes de cualquier cosa buen lector de poesía", entrevista concedida a Mario Pera In.: Vallejo & Co., Lima, Peru, 07 abril 2016. Disponível em http://www.vallejoandcompany.com/un-buen-poeta-es-antes-de-cualquier-cosa-buen-lector-de-poesia-entrevista-a-prisca-agustoni

AGUSTONI, Prisca. "El Caribe escrito por dos poetas afro-caribeñas migrantes". In: SÁNCHEZ, Yvette; WAGNER, Valeria. (Org.). *Cruzar las Américas: perspectivas hemisféricas en lenguajes, literaturas y culturas visuales*. 1 ed. Pittsburgh: Instituto Internacional de literatura iberoamericana, v. 1, p. 95-112, 2016.

AGUSTONI, Prisca. *Hora zero*. São Paulo: Patuá, 2016.

AGUSTONI, Prisca. *Animal extremo*. São Paulo: Patuá, 2017.

AGUSTONI, Prisca (org. e trad.) *Argéman – antologia poética de Fábio Pusterla*. Juiz de Fora: Edições Macondo, 2018.

ANGHEL, Golgona. *Nadar na oficina dos pequenos*. Lisboa: Assírio & Alvim, 2018.

BAJEC, Fabrizio. "*Loin de Dieu, près de toi*: l'autotraduzione come processo generativo". In: *Transalpina*. Caen: Presses Universitaires de Caen, nº 18, p. 65-78, 2015.

BAJEC, Fabrizio. *La collaborazione*. Milano: Marcos y Marcos, 2018, p. 106.

BERMAN, Marshall. *Tudo que é sólido desmancha no ar: a aventura da modernidade*. Trad. Carlos Felipe Moisés e Ana Maria L. Ioriatti. São Paulo: Companhia das Letras, 1986.

BIANCONI, Piero. *Ex-voto del Ticino*. Seconda edizione riveduta. Locarno: Armando Dadò editore, 1980.

BILLE, Corina. *Cento piccole storie crudeli e Trentasei storie curiose*. Traduzione FabioPusterla. Bellinzona: Casagrande, 2001.

COLLANI, Tania. "Prisca Agustoni: poetessa cosmopolita". In: P. VALESIO, M. Nere (a cura di). *Writers between worlds*. Firenze: SEF, (Ungarettiana), 2019.

CRICELLI, Francesca. *Repátria*. São Paulo: Selo Demônio Negro, 2015.

D´ANGELO, Biagio. "Nuovi calligrammi: la voce di Prisca Agustoni". In:. *Rivista Oltreoceano*. Udine: Forum Editrice Universitaria, vol. 3, p. 191-198, 2009. Disponível em https://riviste.forumeditrice.it/oltreoceano/article/view/508/0

D´ANGELO, Biagio. "Confessioni di un italiano: alcune osservazioni sull'autotraduzione". In:. *Rivista Oltreoceano*. Udine: Forum Editrice Universitaria, vol. 5, p. 113-120, 2011. Disponível em: https://riviste.forumeditrice.it/oltreoceano/article/view/452

FAMOS, Luisa. *Tutto si rinnova - poesie*. Traduzione di Marisa Keller-Ottaviano. Bellinzona: Edizioni Casagrande, 2012.

FERRAZ, Paulo. *Roteiro da poesia brasileira – anos 90*. São Paulo: Global Editora, 2011.

FISCHER, Cláudia J.. "Auto-tradução e experimentação interlinguística na génese d''O Marinheiro' de Fernando Pessoa". In: *Pessoa Plural*: 1 (P./Spr. 2012), Disponível em: https://www.researchgate.net/publication/268436791_Auto-traducao_e_experimentacao_interlinguistica_na_genese_d'O_Marinheiro_de_Fernando_Pessoa

FONSECA, Maria Nazareth Soares. *Literaturas africanas de língua portuguesa – percursos da memória e outros trânsitos*. Belo Horizonte: Veredas & Cenários, 2008.

FRIEDRICH, Hugo. *Estrutura da lírica moderna*. 2ª ed.. Trad. Marise M. Curioni e Dora F. da Silva. São Paulo: Livraria Duas Cidades, 1991.

GUERINI, Andréia, SIMONI, Karine (org.). *Nulla che non possano I versi*. Antologia de poesia italiana entre o Brasil e a Itália. Tubarão (SC): Universidade Federal de Santa Catarina, 2018.

HANDAL, Nathalie. *Le vite della pioggia*. Trad. Marta Cariello. Roma: iacobellieditore, 2018.

HESSE, Herman. *Demian*. 17ª ed.. Trad. Ivo Barroso. Rio de Janeiro: Record, s/d.

KERSLEY, Sarah Rebecca. *Sábado*. Salvador: Editora ParaLeLo13S, 2018.

LAVELLE, Patrícia e BRITTO, Paulo Henriques (orgs.). *O nervo do poema: antologia para Orides Fontela*. Belo Horizonte: Relicário Edições, 2018.

LUSETTI, Chiara. “I ‘sel-translation studies’: panorama di una disciplina”. In: CARTAGO, Gabriella e FERRARI, Jacopo (a cura di). *Momenti di storia dell’autotraduzione*. Milano: Edizioni Universitarie di Lettere Economia Diritto, 2018.

MELO, Tarso de. *Sobre poesia, ainda*. São Paulo: Lumme, 2019.

MUGGIATI, Roberto. *Blues: da lama à fama*. Rio de Janeiro: Editora 34, 1995.

MOLLOY, Sylvia. *Viver entre línguas*. Trad. Júlia Tomasini e Mariana Sanchez. Belo Horizonte: Relicário Edições, 2018.

NEGUS, Sean e CORREIA, Donny (org.). *Dusie - The contemporary brazilian poetry edition*. n°21, ISSN 1661-668, 2018, p. 16-27. Disponível em: http://dusie.org/DUSIENo21.pdf

NESSI, Alberto. *Rabbia di vento: un ritratto della Svizzera italiana attraverso scritti e testimonianze*. Bellinzona: Casagrande, Collana CH, 1986.

ORIGLIA, Giorgio. “Anna Swirszczynka: una vitta nel vento”, In: *Poesia: Mensile Internazionale di cultura poetica*. Milano: Fondazione Poesia Onlus/ Italian Poetry Foundation. Anno XXXII, n° 344, Gennaio 2019.

PAZ, Octavio. *O arco e a lira*. Trad. Ólga Savary. 2ª ed.. Rio de Janeiro: Nova Fronteira, 1982.

QUESADO, José Clécio Basílio. *O constelado Fernando Pessoa*. Rio de Janeiro: Imago Editora, 1976.

SARAIVA, Arnaldo. “Minha pátria é a língua portuguesa”. In: *periódicos.ufpb*. vol. 15, ano 34, n°1, 2010. Disponível em: http://periodicos.ufpb.br/index.php/actas/article/viewFile/14643/8294

SILVEIRA, Gustavo Ribeiro Silveira. *A extração dos dias: poesia brasileira agora*. Curitiba: Escamandro, 2017.

SKALOVA, Marina. *Exploration du flux*. Paris: Seuil, 2018.

SODRÉ, Muniz. *Samba, o dono do corpo*. Rio de Janeiro: Codecri, 1979.

STORNI, Alfonsina. *Poemas de amor*. Bellinzona: Edizioni Casagrande, Collana La Salamandra,1998.

3 - Fontes na Internet

. VICEVERSA LITTÉRATURE
http://www.viceversalitterature.ch/author/268

. REVISTA CRONÓPIOS | O VIGOR DE UMA POESIA EM TRÂNSITO
http://www.cronopios.com.br/content.php?artigo=11084&portal=cronopinhos

. REVISTA PUNTO EN LÍNEA | DE CUERPO ABIERTO
http://www.puntoenlinea.unam.mx/index.php/194-punto-en-linea-no-016/016_poesia/278-de-cuerpo-abierto-prisca-agustoni

. JORNAL RASCUNHO | POEMAS INÉDITOS
http://rascunho.com.br/poemas-ineditos-de-prisca-agustoni/

. POESIA.NET 106 | ALGUMA POESIA | ANO 3, MARÇO 2005 – SÃO PAULO
http://www.algumapoesia.com.br/poesia2/poesianet106.htm

. EDITORA PATUÁ
http://www.editorapatua.com.br/index.php?option=com_content&view=article&id=384

. REVISTA MODO DE USAR & CO.
http://revistamododeusar.blogspot.com.br/2016/08/prisca-agustoni.html#!/2016/08/prisca-agustoni.html

. REVISTA VALLEJO & CO. | 12 +1 POEMAS DE "HORA ZERO" (2016)
http://www.vallejoandcompany.com/12-1-poemas-de-hora-zero-2016-por-prisca-agustoni/

. FÓRNIX | REVISTA DE CREACIÓN Y CRÍTICA http://www.paginadepoesia.com.ar/escritos_pdf/Fornix%2014%20finalisimo.pdf

. GERMINA | REVISTA DE LITERATURA & ARTE
http://www.germinaliteratura.com.br/prisca_agustoni.htm

. REVISTA ESCAMANDRO | POEMAS INÉDITOS
https://escamandro.wordpress.com/2017/11/30/3-poemas-ineditos-de-prisca-agustoni-1975/

. POESIE SCELTE - IMPERFETTA ELLISSE, BLOG DI POESIA E ALTRO
http://ellisse.altervista.org/index.php?/archives/677-Prisca-Agustoni-Poesie-scelte.html

VIDEOS

. LE VERBE - PRISCA AGUSTONI - YOUTUBE (LEITURA)
https://www.youtube.com/watch?v=i06Vmv88MeQ

. PRISCA AGUSTONI :: LETTURE PT.1 :: POESIA FESTIVAL '14 - YOUTUBE - SUIÇA
https://www.youtube.com/watch?v=mcNA0fnSVTs

. III FESTIVAL INTERNACIONAL DE POESÍA DE LIMA
Martín Rodríguez (Perú) / Iacyr Anderson Freitas (Brasil) / Prisca Agustoni (Suiza)
https://www.youtube.com/watch?v=IOvwvsF9kU0

. FIPLIMA – 2016
http://fiplima.com/poeta/agustoni/

. FLUXOS LITERÁRIOS: ÉTICA E ESTÉTICA
https://www.youtube.com/watch?v=0j-0H6UQSCI

Este livro foi composto em Sabon
e impresso em papel Pólen
na primavera de dois mil e vinte e três.